정지혜

편집자, 서점원, 북디렉터를 거쳐 2016년부터 한 사람을
위한 '사적인서점'을 운영하며 책처방사로 일한다. 8년 동안
1600여 명이 넘는 사람들의 이야기를 듣고 각자의 삶에
꼭 맞는 책을 처방하는 일을 해 왔다. 타인의 시선으로 책을
읽고 고르고 재구성하는 일은 직업을 넘어 삶의 방식이 되었다.
앞으로도 서점 안팎을 넘나들며 책과 사람을 잇는 일을 하고
싶다. 『사적인 서점이지만 공공연하게』와 『좋아하는 마음이
우릴 구할 거야』를 썼다.

개인 인스타그램 @jeongwisdom_
사적인서점 인스타그램 @sajeokinbookshop

표지 그림: 임진아
『읽는 생활』(위즈덤하우스, 2022) 수록.

꼭 맞는 책

한 사람을 위한
책을 고르는
책처방사의 독서법

꼭 맞는 책

정지혜 지음

들어가는 말
직업으로서의 책처방사

여러분은 '책처방사'라는 직업에 관해 들어 본 적 있으신가요? 아마 생소한 분들이 많을 거예요. 그럴 수밖에 없는 게 책처방사는 제가 스스로 만든 직업이니까요.

2010년부터 지금까지 저는 책의 세계 안에서 여러 번 옷을 갈아입었습니다. 편집자에서 서점원으로, 서점원에서 도서관지기로, 또 북디렉터로. 책 곁을 맴돌며 나답게 즐겁게 지속 가능하게 일할 수 있는 방법을 찾다가 2016년 한 사람을 위해 책을 처방하는 '사적인서점'을 열었습니다.

저녁 7시, 마지막 상담이 끝났습니다. 손님을 배웅하고 돌아와 책상 위에 놓인 책들을 제자리에 꽂고 독서 차트에 손님이 처방받은 책과 구입한 책 제목을 기록합니다. 오늘 예정된 상담은 이것으로 끝이지만 본격적인 책 처방 업무는 이제부터 시작입니다. 정기검진을 받듯 한 달에 한 번 사적인서점에서 책을 처방받는 단골손님 조를 위한 책을 골라야 하거든요.

조는 휴가지에서 편하게 즐길 수 있는 소설을 읽고 싶다고 했습니다. 얼핏 쉬워 보이는 요청이지만 이런 주제일수록 손님과 뾰족한 교집합을 찾아내기 위한 단서가 필요합니다. 조의 독서 차트를 유심히 살펴보며 며칠 전 상담에서 나눈 대화를 되짚어 봅니다. 휴가 장소는 부산, 오랜 친구들과 함께 떠나는 여행이고, 드라마 『이상한 변호사 우영우』를 재밌게 보고 있다……. 최근 몇 달 동안 조에게 주로 영미권 작가가 쓴 무게감 있는 책들을 처방했으니까 분위기를 바꿔 볼 겸 이번엔 한국소설이나 일본소설 중에서 고르는 것이 좋겠습니다. 마침 휴가지가 부산이라 바다를 배경으로 한 소설이 잘 어울릴 것 같고, 친구들과의 여행인 만큼 따뜻한 우정을 그린 이야기라면 더욱 좋을 것 같네요.

제가 읽은 책들이 꽂혀 있는 서가를 둘러보며 눈에 띄는 책들을 꺼냅니다. 첫 번째 책은 삽화가 아름다운 루리의 『긴긴밤』입니다. 지구상에 마지막으로 남은 흰바위코뿔소 노든과 버려진 알에서 태어난 어린 펭귄이 수없이 긴긴밤을 함께하며 바다를 찾아가는 이야기라는 점에서 바다와 우정이라는 두 가지 조건을 모두 만족합니다. 두 번째 책은 일본소설 『츠바키 문구점』입니다. 평화로운 바닷마을 가마쿠라를 배경으로 손편지를 통해 누군가의 간절한 마음을 대신 전해 주는 대필가 포포의 이야기가 펼쳐지지요. 마지막 책은 청각장애가 있는 수지와 시각장애가 있는 한민이 침묵의 세계와 흑백의 세계를 각자의 보폭으로 산책하듯 걸어가는 과정을 그린 청소년소설 『산책을 듣는 시간』입니다. 바다 배경은 아니지만 요즘 드라마 『이상한 변호사 우영우』를 재밌게 보고 있다고 했으니 이 책도 좋아할 것 같아요.

오늘처럼 전에 읽었던 책 중에서 후보를 고를 때도 있지만, 손님의 의뢰에 따라 새로 책을 읽어야 할 때도 있습니다. 상담이 끝나고 열흘 뒤쯤 처방책을 배송하는 것도 이 때문입니다. 손님에게 꼭 맞는 책이 나타날 때까지 여러 권을 읽어야 할 때도 있거든요. 서너 권을 새로 읽었는데도 마음에 드는 책을 찾지 못할 때가 가장 난감하지요. 다행히 오늘은 제가 읽은 책 중에서 금방 후보군이 추려졌습니다. 줄거리를 외울 정도로 이미 여러 번 읽은 책들이지만, 처방책을 정하기 전에 후보로 고른 책들을 다시 한번 읽어 봅니다. 책의 난이도와 분량이 적절한지, 책을 읽을 때 거슬리거나 불편한 부분이 없는지, 어떤 부분에 주목해 읽으면 좋을지, 손님의 시선으로 검토하는 과정을 거치는 거예요. 시간적인 제약 때문에 처음부터 끝까지 정독하는 건 어렵지만, 전에 읽으면서 밑줄 친 부분과 플래그 스티커가 붙은 부분 위주로 살펴보면 이 작업을 수월하게 마칠 수 있습니다.

직업병이라고 할 수도 있을 텐데, 저는 연필과 플래그 스티커 없이는 책을 읽지 못합니다. 그냥 하는 우스갯소리가 아니에요. 밑줄을 긋고 메모하며 읽지 않으면, 저에게 그 책은 읽어도 읽지 않은 책처럼 느껴지거든요. 책을 읽다 마음에 와닿는 문장을 발견했을 때, 문학적으로 기발하거나 아름다운 표현이 눈에 띌 때, 관련 도서나 영화, 노래 등 참고할 만한 자료가 인용되어 있을 때 습관처럼 밑줄을 긋습니다. 책의 내용을 이해하거나 설명하는 데 필요한 정보가 있는 부분에는 시작과 끝에 〈 〉로 표시를 하고요. 소설을 읽을 때 주인공부터 한 번 등장하고 마는 엑스트라까지 모든 등장인물의 이름에 동그라미를 칩니다. 등장인물의 나이와 직업, 습관이나 취향 같은 정보에도 밑줄로 살짝 표시를 해 두지요. 이렇다 보니 어쩔 땐 펼친 면의 모든 문장에 밑줄을 칠 때도 있습니다. 저의 독서는 완독에서 끝나는 게 아니라 제가 읽은 책을 나름의 방식으로 소화해서 다른 사람에게 전달하는 것까지 포함하니까요.

　많고 많은 책 중에서 왜 하필 이 책을 처방했는지, 어떻게 읽어야 효과가 있는지 손님에게 말 혹은 글로 설명하려면 근거가 필요합니다. 시간 관계상 모든 책을 처음부터 끝까지 다시 읽을 수는 없으니 이전에 중요하다고 표시해 놓은 부분들을 살피면서 손님에게 맞는 근거를 찾아내야 했지요. 그때부터 마음에 와닿는 구절 외에도 책의 내용을 이해하거나 설명하는 데 필요한 정보에 표시를 하기 시작했습니다. 그러니까 저에게 연필과 플래그 스티커는 헨젤과 그레텔이 집으로 돌아갈 길을 잃지 않으려고 흘려 두는 과자 같은 거랄까요. 이 책에서 기억해야 할 지점마다 표시를 해 두는 거예요.

　이렇게 책 처방을 위해 같은 책을 몇 번이고 반복

해서 읽다 보니 어느덧 타인의 시선으로 책을 읽는 일이 익숙해졌습니다. 나에게는 그다지 와닿지 않던 구절도 나와 다른 상황에 놓인 누군가, 나와 다른 취향을 가진 누군가의 시선으로 읽으면 다르게 읽혔습니다. 밑줄이 점점 늘어난 건 자연스러운 일이었지요. 언젠가부터 노력하지 않아도 저절로 책의 내용을 외우게 되었습니다. 한 권의 책을 다채로운 관점으로 이해하게 되었고요. 전보다 책과의 교감 신경이 발달한 것 같달까요.

그뿐만이 아닙니다. 사적인서점을 열기 전에도 책을 다루며 일해 왔지만 업무 특성상 독자들과 직접 소통할 기회는 거의 없었습니다. 그런데 책 처방 프로그램을 진행하면서 손님들과 책을 주제로 내밀한 대화를 나눌 수 있었고, 이를 통해 사람들이 독서할 때 느끼는 어려움이나 부담감이 무엇인지 구체적으로 확인할 수 있었습니다. 편집자나 서점원으로 일할 땐 알 수 없었거나 그저 짐작만 하던 것들이었지요. 어떻게 하면 사람들이 책을 더 친밀하게 느낄 수 있을까 고민하는 과정이 저에게도 큰 공부가 되었습니다.

책처방사로 일한 지도 어느덧 8년이 지났습니다. 그동안 책을 매개로 10대부터 60대까지 다양한 직업과 사연과 취향을 가진 사람들을 만났습니다. 독특한 운영 방식 때문인지 알음알음 입소문이 나서 지방이나 해외에서 일부러 찾아오는 손님들도 있고요. 회사나 행사장으로 출장을 나가 책을 처방하거나, 상담 없이 비대면으로 적게는 수십 명, 많게는 수백 명에게 책을 처방한 적도 있지요. 숫자를 세어 보니 그동안 서점 안팎을 넘나들며 1600여 명이 넘는 사람들에게 책을 처방했더라고요.

앞으로 이어질 이야기들은 제가 지난 8년 동안 책 처방사로 일하며 터득한 독서법입니다. 저에게는 익숙하고 당연하지만 누군가에게는 낯설고 새로울지 모를 방법이지요. 많고 많은 책 중에서 좋은 책은 어떻게 골라내는지, 책을 읽고 나서 내용을 잊지 않도록 정리하는 법은 무엇인지와 같은 실용적인 조언과 더불어 책처방사는 시중에 나와 있는 모든 책을 다 읽는 건지, 어떤 기준으로 처방할 책을 선택하는지 등 책 처방에 관해 자주 받는 질문에 대한 대답을 정리했습니다.

물론 저의 독서법이 정답은 아닙니다. 독서는 책과 내가 관계를 맺는 사적이고 고유한 경험이니까요. 다만 책과 관계를 맺는 수많은 방식 가운데 이런 방법도 있다는 걸 알게 된다면 좋겠습니다. 그리하여 이 책을 읽는 여러분이 책과 더 가까워지는 삶, 책이 곁에 있어 풍요로운 삶을 살게 된다면 더 바랄 것이 없겠어요.

아, 그래서 단골손님한테는 무슨 책을 처방했냐고요? 죄송하지만 그건 영업 비밀입니다. (☺)

시작하기 전에
책 처방이란?

　　　　　　본격적으로 책처방사의 독서법을 이야기하기에 앞서 책 처방이 무엇인지 짚고 넘어가야 할 것 같습니다. 먼저 국어사전에서 '처방'의 뜻을 찾으면 '병을 치료하기 위하여 증상에 따라 약을 짓는 방법'이라 나옵니다. 여기서 '병'을 '고민'으로, '증상'을 '취향과 상황'으로, '약'을 '책'으로 바꾸면 책 처방은 '고민을 해결하기 위하여 취향과 상황에 따라 책을 권하는 방법' 정도가 되겠지요.

　　책 추천과 책 처방의 차이점을 묻는 질문을 자주 받습니다. 서점이나 도서관에서 독자의 취향이나 상황,

고민에 맞게 책을 추천하는 경우를 흔히 볼 수 있으니 얼핏 책 추천과 책 처방은 크게 다르지 않아 보이기도 합니다. 그렇다면 이 둘은 무엇이 어떻게 다른 걸까요?

　책 추천이 의사의 처방 없이도 약국에서 살 수 있는 '불특정 다수를 위한 약'이라면, 책 처방은 의사가 진료 후 처방하는 '구체적인 한 사람을 위한 약'에 가깝다고 저는 생각합니다. 진통제를 예로 들어 볼게요. 똑같은 해열·진통·소염 효능을 가진 진통제라고 하더라도 약의 성분에 따라 혹은 복용하는 사람마다 다르게 작용합니다. 같은 약이어도 어떤 이에게는 약효가 빠르게 나타나는 반면, 어떤 이에게는 아무런 효과가 없을 수도 있지요. 많은 이가 인생책으로 꼽는 책도 어떤 이에겐 감흥이 없는 책일 수 있는 것처럼요.

　반면 의사는 증상이 언제부터 시작되었는지, 통증의 강도는 어떠한지, 기저 질환이나 알레르기는 없는지, 환자 개개인의 특성과 증상을 고려해 약을 처방합니다. 그러니 의사의 처방 없이 살 수 있는 일반의약품보다 의사가 직접 진단하고 처방한 약이 빠르고 효과적일 수밖에 없겠지요. 이처럼 구체적인 한 사람의 취향과 상황을 생각하며 고르고 고른 책이라면 그 어떤 책보다 당사자에게 시의적절하게 읽힐 겁니다.

덴마크의 정치비평가 두 사람이 쓴 『가짜 노동』이라는 책이 있습니다. 물리학자 김상욱 교수가 자신의 SNS와 한 방송에서 소개한 이후 화제가 된 책이지요. 매일 바쁘다는 말을 입에 달고 살던 때에 저 또한 김상욱 교수의 추천으로 이 책을 읽었습니다. 『가짜 노동』은 '번아웃을 어떻게 해결할까?'가 아닌 '번아웃이 일어나는 근본적인 원인이 뭘까?'에 집중합니다. 내용 없는 회의, 불필요한 보고서, 허드렛일처럼 바쁘게 일하는 것처럼 보여도 실질적인 성과를 내지 못하는 업무나 '나는 일하는 사람'이라는 기분을 지키려고 하는 형식적인 업무를 저자들은 '가짜 노동'이라는 새로운 용어로 정의하지요. 책에서 언급하는 예시들이 하나같이 다 제 이야기 같아서 끄덕끄덕 공감하며 읽었습니다. 덕분에 저의 업무 방식을 되돌아보게 되었고, 매번 반복되는 번아웃의 숨겨진 비밀을 알게 되었어요.

저에게 『가짜 노동』이 도움이 된 건 맞지만 그렇다고 번아웃으로 고민하는 모든 이에게 이 책이 유용한 건 아닐 겁니다. 책에서 주로 언급하는 9 to 6의 근무 환경에서 일하는 사무직 근로자나 관리직이 아닌 사람들은 내용에 공감하기 어려울 수 있고, 번아웃의 근본적인 원인을 탐구하는 접근 방식보다는 당장 써먹을 수 있는 실용적인 해결책이 필요한 독자도 있을 테니까요. 나아가 번역서나 인문서 자체를 읽기 어려워하는 독자도 있겠고요.

영화, 드라마, 팟캐스트, 책 등 대중문화 전반을 다루는 뉴스레터 '콘텐츠 로그'를 발행하는 서해인 작가는 『콘텐츠 만드는 마음』에서 상대를 고려하지 않고 자신이 좋아하는 것만 드러내는 콘텐츠는 큐레이션이라기보다는 '큰 소리로 자랑하는 독백'에 가깝다고 말합니다. 독자가 누구인지도 모르는데, "이런 걸 좋아할 것 같다"며 시작하는 대화는 어딘가 일방적인 면이 있으니까요. 이처럼 책 추천과 책 처방의 차이는 이 책을 읽게 될 독자에 대한 구체적인 정보가 책 선정에 얼마나 반영되었는가에 달려 있습니다.

책 추천이 '번아웃으로 힘들어하는 사람'을 대상으로 한다면, 책 처방은 상대방이 30대 여성인지 50대 남성인지, 어떤 근무 환경에서 일하는지, 관리자 직급인지 아닌지, 번아웃의 원인이 물리적으로 과도한 업무량 때문인지 아니면 성과에 대한 압박감 때문인지, 고민을 직접적으로 다루는 직관적인 방식을 좋아하는지 은근하게 에둘러 말하는 문학적인 방식을 좋아하는지, 평소 책을 얼마나 읽고 어떤 분야를 좋아하고 싫어하는지를 종합적으로 고려합니다. '번아웃으로 힘들어하는 사람'이라는 동일한 조건이라도 책 처방은 독자 개개인의 특성과 취향에 맞춰 책을 고르기 때문에 일반적인 책 추천보다 정교해질 수밖에 없지요.

병원에서 약을 처방할 땐 진료 → 처방 → 복약지도의 세 단계를 거칩니다. 책 처방 프로그램도 마찬가지입니다. 먼저 진료 전 접수를 하듯 손님에게 신청서를 받아 예약을 진행합니다. 신청서에는 이름, 성별, 나이, 직업, 신청 이유, 최근 읽은 책, 인생에서 가장 좋아하는 책 등을 작성합니다. 이후 예약 일정에 맞춰 서점에 방문한 손님과 한두 시간 정도 공들여 대화를 나누지요. 상담은 독서 문진표를 작성하며 시작합니다. 건강검진에서 과거에 앓았던 질환이나 수술 경험, 음주나 흡연 여부 등을 묻는 것처럼 책과 관련된 다양한 질문을 던져 손님의 독서 취향과 습관을 파악합니다. 한 달에 책을 몇 권 정도 읽는지, 자주 읽는 분야와 기피하는 분야는 무엇인지, 한 번도 읽어 본 적 없거나 읽고 싶지만 어려워서 포기한 분야가 있는지, 특별히 좋아하는 작가나 출판사가 있는지, 기대와 달리 읽고 나서 실망했다거나 다른 사람들은 재밌게 읽었다고 하는데 나에게만 유독 별로였던 책이 있는지 등을 묻습니다. 이렇게 문진표를 통해 독서 취향과 습관을 파악했다면 남은 시간은 편안한 분위기에서 대화를 나누며 현재 고민이나 관심사 등 손님에 관한 구체적인 정보를 수집합니다. 여기까지가 진료에 해당하는 상담 단계입니다.

상담이 끝나면 독서 차트를 살피며 손님에게 처방할 책을 고릅니다. 독서 차트에는 오늘 손님과 나눈 대화에서 건져 올린 정보들이 꼼꼼하게 기록되어 있습니다. 앞서 말했듯 제가 읽었던 책 중에서 후보를 고르는 경우도 있지만, 손님의 의뢰에 따라 새로 책을 읽어야 할 때도 있습니다. 보통 서너 권의 후보를 추린 다음, 손님의 시선으로 다시 한번 책을 읽으며 최종적으로 처방할 책을 정합니다. 이것이 처방에 해당하는 단계입니다.

마지막은 복약지도입니다. 처방전에 맞게 조제한 약을 약사가 환자에게 건넬 땐 반드시 복약지도가 필요합니다. 의약품의 명칭, 용법과 용량, 효능과 효과, 보관 방법이나 부작용 등을 꼼꼼히 설명해야 하지요. 처방책도 마찬가지입니다. 처방 문구(손님에게 전하고 싶은 메시지를 한 줄로 요약해 '○○한 당신에게'라고 씁니다)가 적힌 책싸개로 책을 포장한 뒤 함께 동봉할 편지를 씁니다. 혹은 즉석에서 책을 처방할 땐 제가 밑줄 그으며 읽은 책을 손님과 함께 보며 설명합니다. 왜 이 책을 골랐는지, 어떤 점에 주목해서 이 책을 읽었으면 하는지, 복약지도를 글 혹은 말로 전하는 셈입니다.

책처방사와의 상담 후 즉석에서 두세 권의 책을 소개받고 그중 손님이 마음에 드는 책 한 권을 선택해 처방받는 기본 책 처방 프로그램과 열흘 뒤 처방책 한 권과 편지를 택배로 받아 보는 심화 책 처방 프로그램, 상담 없이 제출한 신청서와 사연만으로 책을 처방하는 비대면 책 처방 프로그램 등 프로그램에 따라 진행 방식이 조금씩 다르긴 하지만 상담 → 처방 → 복약지도의 세 단계를 거치는 과정은 비슷합니다.

그럼 이제부터 본격적으로 책처방사의 독서법에 관해 이야기해 보겠습니다.

1장

책처방사는 책을 어떻게 고를까?

Q1

책을 고를 때 실패하지 않는
방법이 있나요?

→ 적극적으로 실패하며 읽기

책 처방을 주제로 강연을 다니
다 보면 책을 고를 때 실패하지 않는 방법을 알려 달라
는 요청을 자주 받습니다. 책을 읽는 데 들인 시간과 노
력이 헛수고가 되는 건 싫으니까요. 대한출판문화협회
에서 발표한 '2023 한국출판연감'에 따르면 2022년 한
해 동안 발행된 신간 도서는 총 61,181종이라고 합니다.
이를 365일로 나누면 하루에 약 167종, 그러니까 매일
167종의 새로운 책이 쏟아져 나온 셈입니다. 어마어마
한 숫자지요. 읽고 싶은 책, 읽어야 할 책은 넘쳐나는데
우리에게 주어진 시간은 한정적이니 사람들은 실패 없

는 독서, 효율적인 독서를 원합니다. 어디 책만 그런가요. 영화나 드라마도 유튜브에 올라온 요약본을 먼저 보고 빨리 감고 건너뛰고 몰아 보는 시대잖아요. 언젠가부터 사람들은 취미 생활에서조차 실패하고 싶어 하지 않는 것 같습니다.

그렇다면 좋은 책이란 뭘까요? 여러분이 생각하는 좋은 책의 기준은 무엇인가요? 흔히 나오는 대답은 고전, 문학상 수상작, 유명 대학의 추천 도서입니다. 오랫동안 많은 사람에게 널리 읽히고 사랑받은 책이나 공신력 있는 기관의 인정을 받은 책이 좋은 책이라 생각하는 거지요. 사실 이 세 가지 대답은 일종의 권위를 가진 책이란 점에서 크게 다르지 않습니다.

여기 두 권의 책이 있습니다. 헤르만 헤세의 『데미안』과 하야마 아마리의 『스물아홉 생일, 1년 후 죽기로 결심했다』입니다. 『데미안』이야 설명이 필요 없는 대표적인 고전이고 『스물아홉 생일, 1년 후 죽기로 결심했다』는 2012년부터 지금까지 10년이 넘도록 꾸준히 사랑받아 온 베스트셀러 에세이입니다. 스물아홉의 나이에 스스로 1년의 시한부 인생을 선고할 수밖에 없었던 저자의 소설 같은 실화를 담고 있지요.

자, 그럼 여러분은 이 두 권 중에 어떤 책이 더 좋은 책이라고 생각하시나요? 사람마다 다르겠지만 지금껏 제가 만난 이들 대부분은『데미안』을 선택했습니다. 시대와 국경을 초월해 사랑받은 고전의 권위 때문이겠지요.

제가 특별히 이 두 권을 예로 든 이유가 있습니다. 앞서 책 처방 프로그램을 진행할 때 독서 문진표를 작성한다고 했지요. 이중 '인생에서 가장 좋아하는 책'과 '생각보다 별로였던 책'이라는 상반된 질문에 공통으로 이름을 올린 책이 바로『데미안』과『스물아홉 생일, 1년 후 죽기로 결심했다』입니다.『데미안』을 좋아하는 책으로 꼽은 이들의 이유는 제각각 달랐지만, 별로였다고 말한 이들의 이유는 똑같았습니다. 다른 사람들이 좋다고 해서 읽어 봤는데 도통 무슨 내용인지 모르겠다는 거예요.『스물아홉 생일, 1년 후 죽기로 결심했다』는 절망적인 상황에서 스스로 시한부 인생을 선고하고 삶을 바꾸어 나간 저자의 이야기가 감동적이라서 좋아하는 사람이 있는가 하면, 같은 이유로 허무맹랑하다거나 진부하다면서 싫어하는 사람도 많은 책입니다. 수십만 독자의 선택을 받은 베스트셀러임에도 불구하고, 제가 만난 손님들은 대부분 부정적인 반응을 내놓았지요. 그러던 어느 날 한 손님이 인생에서 가장 좋아하는 책으로 이 책을 꼽기에 그 이유를 여쭤 보았습니다. 우울증으로 힘들어 하던 동생이 이 책을 읽고 많이 바뀌었다고, 자신도 그 모습을 보고 용기를 얻었다는 생각지도 못한 답변이 돌아왔습니다. 한 권의 책이 누군가의 인생에 가닿아 의미 있는 변화를 일으킨 이야기를 전해 들으며 저 또한 뭉클했어요.

『데미안』과 『스물아홉 생일, 1년 후 죽기로 결심했다』뿐만이 아니었습니다. 누군가의 인생책이 누군가에게는 별 볼 일 없는 책이 되기도 하고, 누군가 악평을 한 책을 또 다른 누군가는 바로 그 점 때문에 좋아한다고 말하는 모습을 자주 목격했습니다. 심지어는 한 사람이 같은 책을 두고 이야기하는 감상도 시기에 따라 달라지더라고요. 책 처방 프로그램을 진행하며 저는 이 세상에 절대적으로 좋은 책, 나쁜 책은 없다는 걸 알게 되었습니다. 지금 나에게 맞는 책, 맞지 않는 책만 존재할 뿐이지요.

그럼 이 책이 지금 나에게 좋은 책인지 아닌지는 어떻게 알 수 있을까요? 그건 직접 읽어 보는 수밖에 없습니다. 다른 사람이 입은 옷이 괜찮아 보여서 따라 샀는데 막상 내가 입어 보니 별로였던 경험, 다들 한 번쯤은 있을 거예요. 옷 자체는 마음에 든다고 하더라도 사람마다 생김새도 다르고 체형도 다르니 그 옷이 나에게 어울리는지 아닌지는 내가 직접 입어 봐야만 알 수 있습니다. 그렇게 여러 번 실패와 성공을 반복하다 보면 어떤 디자인이 내 체형의 단점을 보완하고 장점을 살려 주는지, 어떤 색상이 얼굴을 화사하게 만드는지 데이터를 쌓게 됩니다. 돈과 시간을 투자해야만 얻을 수 있는 정보지요.

취향은 옳고 그름이 아닌 좋고 싫음의 문제이며, 호오好惡는 경험을 통해 만들어집니다. 경험해 보니 좋더라, 경험해 보니 별로더라, 데이터가 있어야 판단할 수 있어요. 그러니 독서에 실패란 당연한 전제입니다.

자, 그렇다면 마지막 질문입니다. 독서에서 '실패'란 무엇일까요? 여러분은 어떤 책을 읽었을 때 이 독서가 실패했다고 생각하시나요? 읽고 나서 남는 게 없는 책, 시간 낭비했다고 느껴지는 책……. 아마도 이런 대답들이 나올 겁니다.

그런데 이렇게 생각해 보면 어떨까요? 나는 이런 책과 맞지 않다는 걸, 이런 내용을 싫어한다는 걸 알게 된 것도 책을 읽고 '남은' 것이라고요. 저는 아무짝에도 쓸모없는 경험은 없다고 생각합니다. 내가 무언가를 싫어하고 불편해 한다는 걸 알게 된 것도 일종의 정보니까요. 내가 좋아하는 게 뭔지 몰라서 고민하는 사람에게는 자신이 싫어하는 걸 제거하고 남은 것 중에서 선택하는 게 좋은 방법일 수 있습니다. 그렇게 생각한다면 독서에서 완전한 실패는 없는 셈입니다.

단 한 문장이라도 마음에 와닿는 문장을 건졌다거나, 이 책이 다른 책으로 들어가는 통로가 되었다거나, 표지가 예뻐서 서가에 진열해 두는 것만으로도 흡족하다거나, 하다못해 책이 너무 별로라서 차라리 내가 더 잘 쓰겠다는 생각으로 본격적으로 글을 써 볼 수도 있겠지요. (미국의 SF 작가 옥타비아 버틀러도 이런 이유로 소설을 쓰기 시작했다고 합니다.)

상상해 보세요. 집어 드는 족족 모든 책이 인생작이라면 과연 그게 좋기만 할까요? 어쩌면 수많은 실패가 전제되었기에 마음에 와닿는 책을 만났을 때 우리는 더 크고 기쁘게 감동하는 것인지도 모릅니다.

다시 처음 질문으로 되돌아가겠습니다.

"책을 고를 때 실패하지 않는 방법이 있나요?"

안타깝게도 그런 방법은 없습니다. 지금 나에게 좋은 책은 다른 누구도 아닌 내가 직접 읽어 봐야만 알 수 있으니까요. 나만의 취향이 생길 때까지 적극적으로 실패하며 읽기를 권합니다. 생각만 고쳐먹으면 뭐든 남는 게 책이거든요.

Q2

많고 많은 책 중에서 어떤 책을
골라야 할지 모르겠어요

→ 나로부터 출발하기

여기 책과 가까워지고 싶은 한 사람이 있습니다. 일단 책을 사려고 가까운 대형 서점을 찾았습니다. 그런데 빽빽하게 진열된 수만 권의 책을 보니 너무 많은 선택지 앞에서 어떤 책을 골라야 할지 막연해집니다. 이때 가장 쉬운 선택지는 베스트셀러 코너일 겁니다. 맛있는 식당에 사람들이 몰리는 것처럼 많은 사람이 읽은 책이라면 괜찮은 책일 확률이 높을 테니까요. 그 중에서도 어디선가 들어 본 적 있는 유명 작가의 책이라면 더더욱 실패할 가능성이 줄어들 테고요.

그런데 이상합니다. 베스트셀러라서 고른 책은 평

소 관심 분야가 아니라 그런지 재미가 없고, 유명한 작가가 썼다고 해서 고른 또 다른 책은 내용이 너무 어려워 진도가 나가질 않습니다. 화제작이라고 해서 믿고 샀는데 마케팅에 속은 느낌이 드는 책도 있고요.

앞서 이야기했듯 독서는 책과 내가 관계를 맺는 사적이고 고유한 경험입니다. 책을 고르는 과정 역시 나로부터 출발해야 합니다. 다른 사람의 선택이나 인정보다도 나의 기분, 관심사, 고민을 중심에 두고 책을 고르는 연습이 필요해요. 많고 많은 책 중에서 어떤 책을 골라야 할지 막막하다면 지금부터 제가 소개하는 방법을 참고해 보세요.

제목 보고 고르기

제일 쉽고 만만한 방법입니다. 나의 감정과 기분, 상황과 조건을 고려해서 지금 내 눈에 들어오는 제목의 책을 고르는 겁니다. 번아웃이 오기 직전이라면 『이렇게 일만 하다가는』을, 사는 게 허무하다 느껴질 땐 『인생의 허무를 어떻게 할 것인가』를, 주변 사람들에게 말로 상처 주고 후회하고 있다면 『사실은 이렇게 말하고 싶었어요』를 집어 드는 식이지요. 종종 내용과 다른 제목에 낚일 때도 있지만, 대체로 나의 필요와 관심에 맞는 책을 고를 확률이 높습니다. 비소설 분야의 책을 고를 때 특히 유용합니다.

표지 보고 고르기

제가 사적인서점을 열기 전에 서점원으로 일했던 땡스북스는 디자이너가 만든 서점으로, 책을 입고할 때 내용만큼 디자인을 중요하게 생각했습니다. 만듦새를 신경 쓴 책은 내용도 좋을 수밖에 없다는 사실을 그때 배웠지요. 디자인을 보고 책을 고르면 책의 내용뿐 아니라 물성까지 다채롭게 즐길 수 있답니다.

표지를 보고 책을 고를 땐 반드시 오프라인 서점에 가야 합니다. 화면으로 보는 납작한 이미지 말고 실제 책의 판형이나 제본 방법, 종이의 질감이나 두께 등을 눈으로 살피고 손으로 만지며 골라야 하니까요. 좋아하는 일러스트레이터가 표지나 삽화 작업을 한 책을 고르는 것도 좋습니다.

물론 표지에서 주는 인상이나 느낌만으로 책을 고르는 것이기 때문에 속에 담긴 내용이 나의 독서 수준이나 취향과는 맞지 않을 수도 있습니다. 그럴 땐 선반이나 서가에 표지가 보이게 전면 진열해서 마음에 드는 이미지를 집에 전시한다는 느낌으로 감상하면 됩니다. 책을 꼭 읽는 용도로만 쓸 필요는 없으니까요. 저는 범우사에서 나온 『책이 좋아 책하고 사네』를 방 안에 표어처럼 걸어 두었답니다.

영상화된 작품 중에서 고르기

인생책을 묻는 질문에 가장 많이 언급된 책, 바로 『해리포터』 시리즈입니다. 유년 시절 『해리포터』를 읽고 책의 재미에 빠지게 되었다는 분들이 많았거든요. 소설을 읽어 보고 싶은데 진입 장벽이 높게 느껴진다면 좋아하는 영화나 드라마의 원작을 찾아 읽는 방법을 추천합니다. 외국 소설은 등장인물의 이름이나 지명이 낯설어서 읽기 어렵다는 분들이 있는데, 영화나 드라마에서 본 장면을 떠올리며 읽으면 되니까 몰입하기도 쉽더라고요.

저는 소설과 영화가 둘 다 있을 경우, 영화로 전체적인 이미지를 그린 후에 소설로 디테일하게 채워 가는 감상 방식을 좋아합니다. 원작이 있는 작품을 영상화하다 보면 시간이나 예산의 제약 때문에 생략되는 부분이 생길 수밖에 없잖아요. 어떤 부분이 생략되거나 다르게 연출되었는지 비교하면서 읽으면 독서가 더욱 재미있어질 겁니다. 반대로 소설을 먼저 읽고 내가 상상한 것과 실제 연출이 어떻게 다른지 비교해 보는 것도 좋은 방법이고요.

추천하는 작품은 얀 마텔의 소설 『파이 이야기』(영화 제목은 『라이프 오브 파이』입니다), 루이자 메이 올콧의 소설 『작은 아씨들』(그레타 거윅 감독이 연출한 동명의 영화를 추천합니다), 안드레 애치먼의 소설 『콜 미 바이 유어 네임』, 파스칼 메르시어의 소설 『리스본행 야간열차』, 감독과 작가가 같은 스티븐 크보스키의 『월플라워』(책은 절판되었습니다만 우리에게는 도서관이나 중고책이라는 선택지도 있으니까요)입니다.

마음에 드는 문장 보고 고르기

때로는 가슴을 두드리는 한 문장에 반해 책이 읽고 싶어지기도 합니다. 특히 시가 그렇지요. 광화문 사거리를 지나가다 보면 교보생명빌딩 외벽에 걸린 광화문 글판을 볼 수 있습니다. 벌써 30년째, 계절이 바뀔 때마다 새로운 글귀를 내걸어 사람들의 시선을 사로잡고 있지요. 2011년 여름편에 인용된 정현종 시인의 「방문객」과

2012년 봄에 걸린 나태주 시인의 「풀꽃」은 워낙 유명해 많은 분에게 익숙하지 않을까 싶어요. 저는 그중에서도 장석주 시인의 「대추 한 알」(광화문 글판에 실린 뒤 큰 사랑을 받아 동명의 그림책도 출간되었답니다)과 김사인 시인의 「조용한 일」, 안희연 시인의 「여름 언덕에서 배운 것」을 좋아합니다. 아마 저처럼 광화문 글판에 실린 글귀들을 보고 마음이 동해 시가 수록된 시집을 찾아 읽은 분들이 꽤 많을 거예요. 서너 줄밖에 안 되는 짧은 분량이지만 마음을 움직이는 힘이 대단한 시들이거든요.

좀처럼 시집과 거리를 좁히지 못하던 제가 처음으로 사랑에 빠진 시집은 안미옥 시인의 『온』입니다. 제 글쓰기 동료인 김달님 작가는 이따금 책을 읽다 좋은 문장을 발견하면 사진을 찍어 저에게 보내 주는데, 어느 날 스스로를 의심하며 풀이 죽어 있던 저에게 『온』에 수록된 「생일 편지」라는 시의 한 구절이 도착했습니다.

너는 무서워하면서 끝까지 걸어가는 사람.
친구가 했던 말이 기억났다.*

단 몇 글자만으로도 절망에 빠진 누군가를 구할 수

있다는 걸 체감한 날이었지요. 우연히 SNS에서 본 발췌문이 당시 저의 고민과 맞닿아 있어서 찾아 읽었다가 인생책이 된 소설도 있습니다. 한정현 작가의 『소녀 연예인 이보나』인데요.

> 그래도 그땐 그들도 되고 싶어 하던 무언가가 있었다. 지금이라면 절대 상상하지 않았을, 되고 싶은 게 있던 시절. 나이가 들면서 사라지는 건 세상에 대한 상상력이 아니라 자기 자신에 대한 상상력이었다.**

막상 읽어 보니 소설의 내용은 제가 예상했던 것과 전혀 달랐지만 덕분에 '한정현'이라는 믿고 읽는 작가를 발견할 수 있었습니다.

책의 띠지나 뒤표지에 적힌 문구, SNS를 하다가 마음이 걸려 넘어지는 한 문장에서 독서를 시작해 보세요. 막상 읽어 보니 그 문장 말고는 남는 게 전혀 없을 수도 있지만, 그 문장이 어떤 맥락에서 나오게 된 것인지 배경을 알 수 있고, 결국엔 마음에 드는 한 문장을 건졌으니 그걸로 충분합니다.

읽은 책에서 이어 고르기

꼬리에 꼬리를 무는 독서, 내가 읽은 책에서 언급하거나 인용한 책을 이어 읽는 방법입니다. 책에 소개된 내용이 재미있어 보이거나 관심이 가면 찾아 읽는 건데요. 저의 인생책 중 한 권이기도 한 소설가 정용준의 첫 산문집 『소설 만세』를 읽으면 『이것이 인간인가』, 『장엄호텔』, 「단식 광대」(『오드라덱이 들려주는 이야기』 수록), 「작별」(2018 제12회 김유정문학상 수상작품집 『작별』 수록), 『밤에 우리 영혼은』, 「대니 드비토」(『파씨의 입문』 수록) 등 책에 소개된 좋은 작품을 고구마 캐듯 줄줄이 수확할 수 있지요. 저자와 나의 주파수가 맞다면 좋은 책을 노다지로 발굴할 수 있답니다. 이 책에도 제가 읽고 힘주어 추천하고 싶은 책을 곳곳에 심어 두었습니다.

저자/번역가 보고 고르기

어떤 저자의 책을 읽고 마음에 들었다면 그 저자의 다른 작품까지 전부 읽어 보는 겁니다. 전작이 두루두루 마음에 들었다면 앞으로 신간이 나올 때마다 묻지도 따지지도 않고 믿고 읽는 작가가 되겠지요. 마찬가지로 외서도 좋아하는 번역가가 번역했다는 사실이 책을 선택하는 기준이 되기도 합니다. 저는 영미권에서는 홍한별 번역가, 일본어권에서는 이지수 번역가가 선택한 작품을 믿고 읽습니다. 외서를 읽을 때 번역가의 이름을 유심히 살펴보고 해당 번역가가 번역한 다른 작품을 읽어 보기를 추천합니다.

추천사 보고 고르기

추천사에 혹해 책을 고를 수도 있습니다. 추천사의 내용 자체에 마음이 이끌려 읽기도 하지만, 그보다 신뢰하는 사람이 추천한 책이니 따라 읽을 때가 더 많지요. 저는 김연수 작가와 신형철 평론가가 추천하는 책이라면 일단 믿고 읽습니다. 『올리브 키터리지』는 김연수 작가, 『어떻게 지내요』는 신형철 평론가의 추천사 덕분에 읽게 되었는데, 두 권 모두 제가 무척 아끼는 소설입니다.

　좋아하는 작가가 추천한 도서 목록을 알고 싶다면 온라인 서점을 이용해 보세요. 저는 주로 알라딘을 이용하는데, 먼저 웹에서 좋아하는 작가 이름을 검색한 다음 작가가 쓴 책을 아무거나 눌러서 상세 페이지로 들어갑니다. 스크롤을 내리다 보면 저자 및 역자 소개란에 저자 정보가 나오고 그 옆에 '저자 파일'이란 버튼이 있어요. 그 버튼을 누르면 저자와 관련된 모든 내용이 정리된 페이지로 이동하고, 거기서 '저자의 추천'이란 탭을 누르면 해당 저자가 추천한 모든 책과 추천사를 볼 수 있습니다(예스24는 저자 소개란에 '작가 추천' 탭이 있습니다). 해당 작가가 추천한 책이 대체로 나와 잘 맞았다면 유용한 방법입니다.

시리즈 중에서 고르기

시리즈물로 나온 책을 한두 권 읽어 보고 마음에 들었다면 같은 시리즈의 책을 도장 깨기 하듯 읽는 방법입니다. 시리즈물은 편집자가 기획 단계에서부터 특정한 의도를 가지고 묶은 것이기 때문에 대체로 비슷한 결을 가진 책들이 모여 있다고 볼 수 있지요. 편집자의 안목에 기대 새로운 저자를 발견할 수 있다는 것이 장점입니다.

저는 에세이는 위고&제철소&코난북스 세 출판사가 함께 펴내는 '아무튼' 시리즈와 민음사에서 펴내는 '매일과 영원' 시리즈를, 소설은 민음사의 '오늘의 젊은 작가' 시리즈와 현대문학 '핀' 시리즈 소설선에서 나오는 책을 챙겨 보는 편입니다.

'아무튼'은 나에게 기쁨이자 즐거움이 되는, 생각

만 해도 좋은 한 가지를 담은 에세이 시리즈입니다. 지금까지(2024년 10월 기준) 71권의 책이 출간되었는데요. 평소 관심이 없던 분야라도 누군가의 좋아하는 마음을 통해 내가 몰랐던 낯선 세계를 경험할 수 있어서 즐겨 찾습니다. 판형이 작고 분량이 짧은 편이라 가볍게 들고 다니면서 후루룩 읽기도 좋고요. 『아무튼, 반려병』을 통해 강이람 작가를 발견했고 기대하는 마음으로 다음 책을 기다리고 있습니다. 하미나 작가의 『아무튼, 잠수』는 뭐든 잘하고 싶어서 지나치게 애를 쓰고 사는 이들에게 추천하고 싶은 책이에요. 덕분에 프리 다이빙이라는 새로운 세계를 알게 되었지요.

'매일과 영원' 시리즈는 소설가, 시인, 평론가들의 문학론을 담은 에세이입니다. 문학론이라고 하면 어쩐지 어렵게 느껴지지만 작가들의 일상을 바탕으로 하기 때문에 친밀한 느낌이 든답니다. 책 안에서 다른 좋은 작품들을 추천받을 수도 있고요. 저는 이 시리즈 중 소유정 평론가가 쓴 『세 개의 바늘』과 정용준 소설가가 쓴 『소설 만세』를 추천합니다.

민음사 '오늘의 젊은 작가' 시리즈와 현대문학 '핀' 시리즈는 현재 한국 문학을 이끌고 있는 작가들의 신작

소설을 소개합니다. ('핀' 시리즈는 시선과 에세이선도 있습니다. 최근 장르 시리즈도 신설되었어요.) '오늘의 젊은 작가'는 경장편 분량, '핀'은 중편 분량의 소설을 다루지요. 단편은 이야기가 너무 짧게 끝나 몰입이 어려웠다거나 긴 호흡의 장편이 부담스러웠던 분들에게 두 시리즈 모두 한국 문학과 가까워지는 좋은 입구가 될 거예요. 민음사 '오늘의 젊은 작가' 시리즈 중에서는 문지혁 작가의 『초급 한국어』와 『중급 한국어』, 김혜진 작가의 『딸에 대하여』, 정용준 작가의 『내가 말하고 있잖아』를, 현대문학 '핀' 시리즈 소설선에서는 백수린 작가의 『친애하고, 친애하는』, 김초엽 작가의 『므레모사』, 구병모 작가의 『바늘과 가죽의 시』를 추천합니다. 제가 좋아하는 최진영 작가는 두 시리즈에 모두 참여했는데, '오늘의 젊은 작가' 시리즈의 『해가 지는 곳으로』와 '핀' 시리즈의 『내가 되는 꿈』을 통해 최진영의 세계에 입문해 보세요.

출판사 보고 고르기

마지막으로 소개할 방법은 어느 정도 독서 경험이 생긴 다음 활용할 수 있는 방법입니다. 그동안 자신이 읽고 만족스러웠던 책들을 한데 모아 두고 출판사 이름을 확인해 보세요. 서가에 책을 꽂은 다음 책등 아래를 살펴보면 편합니다. 여러 번 등장하는 출판사가 있다면 해당 출판사의 SNS를 팔로우하고 신간 소식에 관심을 가지는 거예요. 그곳에서 예전에 출간된 책들을 살펴보는 것도 좋고요. 다양한 분야의 책을 펴내는 종합 출판사에도 적용할 수 있지만, 특정 분야에서 색깔 있는 책을 펴내는 소규모 출판사에 적용하면 잘 알려지지 않은 좋은 책을 발견할 확률이 높습니다.

요즘 제가 관심 있게 지켜보는 출판사는 '돌봄', '다양성', '당사자성'이라는 키워드를 가지고 교양서와 에세이를 펴내는 '다다서재'입니다. 청각장애인 부부와 그들 사이에서 태어난 청인聽人 아이의 일상을 담은 『서로 다른 기념일』, 죽음을 앞둔 철학자와 의료인류학자가 주고받은 스무 통의 편지를 통해 우연과 필연, 질병과 의료, 운명과 선택, 삶과 죽음을 사유하는 『우연의 질병, 필연의 죽음』(저의 인생책 중 하나입니다) 등을 출간했지요. 궤양성 대장염으로 오랜 기간 투병한 저자가 인간 활동의 기본이자 궁극인 먹는 것과 싸는 것을 탐구한 에세이 『먹는 것과 싸는 것』이나 논픽션 작가가 선천적 전

맹 감상자와 함께 일본 각지의 미술관을 방문하여 다양한 작품을 감상한 기록을 담은 책 『눈이 보이지 않는 친구와 예술을 보러 가다』는 다다서재에서 출간한 책이라는 보증이 없었다면 좀처럼 읽을 기회가 없었을 겁니다. 작지만 단단한 출판사들의 출간 목록을 유심히 살펴보세요.

* 안미옥, 『온』(창비, 2017)
** 한정현, 『소녀 연예인 이보나』(민음사, 2020)

Q3

좋아하는 책만 읽어서
고민이에요

→ 마음껏 편독하기

좋아하는 책만 읽어서 고민이라
고 말하는 손님을 왕왕 만납니다. 자신은 쉽고 재밌는 책
만 읽는 것 같다고, 다양한 책을 골고루 읽어야 할 것 같
은데 생각처럼 되질 않는다면서요. "다양한 책을 골고
루"라고 말하지만 그 안에 '고전'이나 '인문서'라는 속뜻
이 숨어 있다는 건 손님도 알고 저도 아는 공공연한 비밀
입니다. 판타지나 로맨스소설을 읽지 않아서, 자기계발
서를 읽지 않아서 고민이라고 말하는 손님은 한 번도 본
적이 없으니까요.

앉은자리에서 후루룩 재밌게 읽은 책도 다 읽고 나

면 남는 게 없다고 박하게 평하는 손님도 자주 등장하는 유형입니다. 깊이 있는 책을 읽어야 제대로 된 책을 읽은 것 같다는 생각, 재미를 위한 책 읽기보다는 지식 습득을 위한 책 읽기가 우선되어야 할 것 같다는 생각 때문이겠지요.

그럴 때마다 저는 손님에게 되묻습니다. 유튜브를 보면서 나는 왜 쉽고 재밌는 영상만 보는 걸까 고민해 본 적 있으신가요? 아니면 드라마나 영화를 볼 때 요즘 현대물만 보았으니 사극을 좀 챙겨 봐야겠다 생각해 본 적은요? 웹툰이나 웹소설을 하루 만에 정주행하고 나서 재미는 있는데 남는 게 없어서 시간이 아깝다고 생각해 본 적은 있으신가요? 손님은 저의 질문에 하나같이 허를 찔린 표정으로 고개를 도리도리 내젓습니다.

유튜브, 드라마, 영화, 웹툰, 웹소설……. 제가 보기엔 다 책과 똑같은 여가 생활인데 사람들은 유독 책에만 진지하고 엄격하게 굽니다. 다른 매체를 감상할 땐 그러지 않으면서 책에서만큼은 꼭 무언가를 배우거나 얻어야 한다고 생각하지요. 그건 아마도 어릴 때부터 '책 = 학습'이라고 여겨 온 뿌리 깊은 인식 때문일 거예요. 손님과 이야기를 나눠 보면 대부분 독서는 유익한 것, 해야 하는 것이란 전제를 깔고 있습니다. 책을 읽으면 인생에 도움이 될 텐데, 그러니까 자주 읽어야 하는데, 그러질 못하니 죄책감만 쌓이는 거지요. 독서의 효용을 강조하는 말들이 오히려 사람들을 책과 멀어지게 만든달까요.

과거에 어린이책 편집자로 일했고, 지금은 독서 교실에서 어린이들과 책을 읽는 김소영 작가는 『어린이책 읽는 법』에서 다니엘 페나크의 말을 인용해 이렇게 말합니다.

아무리 좋은 책이어도 끌리지 않으면 읽기 어렵다. 다니엘 페나크의 유명한 말 그대로다. "'읽다'라는 동사에는 명령법이 먹혀들지 않는다." 읽는다는 것은 생각한다는 것, 즉 독자 스스로 기운을 내지 않으면 '읽다'라는 행위가 성립되지 않는다.*

책은 다른 매체들과 감상법이 다릅니다. 유튜브나 팟캐스트는 러닝머신을 뛰거나 집안일을 하면서도 보고 들을 수 있지만 책은 그렇지 않지요. 펼쳐 놓는다고 해서 저절로 눈과 귀에 들어오지 않고, 1.5배속으로 빠르게 감상할 수도 없습니다. 활자를 읽더라도 집중하지 않으면 내용을 이해할 수 없기 때문에 책을 제대로 읽으려면 독자의 적극적인 의지가 필요합니다. 스스로 읽고 싶은 책을 고르는 것이 중요한 이유입니다.

제가 책을 처방할 때 중요하게 생각하는 기준 중 하나는 '가독성'입니다. 책을 읽다가 중도 포기하는 일이 없도록 손님의 독서 수준에 맞춰 책의 난이도와 분량을 고려하지요. 내용 중에서 손님이 불편하게 느낄 만한 요소가 없는지도 꼼꼼히 살피고요. 일단 첫 페이지라도 넘겨 보고 싶게 만드는 것을 목표로 삼고 손님의 호기심을 자극할 책을 고릅니다. 아무리 좋은 약도 먹지 않으면 효과가 없는 것처럼 아무리 좋은 책도 읽지 않으면 무용지물이니까요. 고전이나 교양서, 문학상 수상작이나 명문대의 권장 도서 같은 책의 권위에 집착할 필요가 없는 것도 이 때문입니다.

저는 손님에게 되도록 책에 대한 엄숙주의를 내려놓으라고 이야기합니다. 쉽고 가벼운 책만 재밌게 읽어도 된다고, 읽어야 한다는 의무감 때문에 억지로 읽지 않아도 된다고요. 이렇게 자신만만하게 이야기할 수 있는 이유는 저 역시 오랜 시간 같은 고민을 해 왔기 때문입니다.

저의 첫 독서 경험은 초등학교에 입학할 무렵 부모님이 사다 주신 학습만화 전집이었습니다. 만화책이니까 당연히 재미있었고 자연스럽게 책에 재미를 붙이게 되었어요. 제 안에 '책 = 심심할 때 읽는 것'이라는 공식이 생겼습니다. 일본 문화에 푹 빠졌던 중학생 시기엔 일본 순정 만화와 함께 요시모토 바나나, 모리 에토 같은 일본 작가의 소설을 읽으며 감수성을 키웠습니다. 아, 웹소설의 시조라고 할 수 있는 귀여니 소설과 아이돌 팬픽도 많이 읽었어요. (☺) 고등학생 땐 『무궁화꽃이 피었습니다』나 『황태자비 납치사건』 같은 김진명표 역사소설에 푹 빠져 있었고, 스무 살이 넘으면서부터는 좋아하는 인물이나 관심 가는 주제의 에세이나 자기계발서를 주로 읽었습니다.

맞아요. 책 처방을 받으러 온 손님이 "저는 쉽고 가벼운 책만 읽는 것 같아서 고민이에요"라고 말할 때 쉽고 가벼운 책으로 자주 언급되는 책들입니다. 대학을 졸업하고 편집자가 되기 전까지 저는 고전을 단 한 권도 읽어 본 적이 없었습니다. 어디 고전뿐이겠어요. 그때까지 제 독서 경험은 만화책과 일본소설, 김진명표 역사소설이나 유명인이 쓴 에세이, 자기계발서가 전부였는걸요.

출판계에 발을 들여놓은 이후로 저는 늘 '깊이에의 강요'에 시달렸습니다. 순수한 독자일 때 저에게 책은 심심할 때 읽는 것, 재밌는 것, 읽으면 좋은 것이었는데 직업이 되고 나니 상황이 달라졌습니다. 왠지 권위 있는 책, 깊이 있고 무게감 있는 책, 남들에게 인정받을 수 있는 책을 읽어야 할 것 같더라고요. 사적인서점 시즌 1은 저의 자격지심이 극에 달한 때였습니다. 이 정도 독서 수준으로 사람들에게 책을 처방해도 되는 걸까 전전긍긍했고 저보다 독서량이 방대한 손님이 책을 처방받으러 오면 한없이 위축되었습니다. 서가에 꽂힌 책들을 보면 저의 독서 수준이 빤히 드러날 것 같아 일부러 사이사이 있어 보이는 책을 끼워 넣은 적도 있고요.

하지만 다니엘 페나크의 말처럼 '읽다'라는 동사에는 명령법이 먹혀들지 않았습니다. 고전이나 시집, 인문서를 읽어 보려고 아무리 애를 써도 좀처럼 페이지가 넘어가지 않았어요. 읽히지도 않는 책만 붙들고 있기엔 읽고 싶은 책들이 많아도 너무 많았습니다. 내 취향은 아니지만 왠지 읽어야 할 것 같은 책을 붙잡고 씨름하다가 안되겠다 싶으면 일단 덮어 두고 순수하게 내가 읽고 싶은 책을 꺼내 읽었습니다. 그런데 이상한 일이지요. 좋아하는 책들을 꾸준히 읽었을 뿐인데 시간이 지나면서 자연스럽게 독서 취향이 넓어지고 덩달아 깊이도 따라오더라고요.

좋아하는 작가를 따라 읽은 책이, 독서 모임에서 함께 읽은 책이, 손님에게 추천받아 읽기 시작한 책이 조금씩 저의 독서 세계를 넓혀 주었습니다. 예전엔 잘 안 읽혔던 책도 시간이 지나 다시 읽으니까 언제 그랬나 싶게 술술 읽히기도 하고요. 언젠가부터 저는 편독에 대한 부담과 깊이에 대한 강박을 내려놓았습니다. 여전히 잘 안 읽히는 책을 만날 때가 있지만 언젠가 인연이 닿을 때가 있을 테니까 지금은 시간이 더 필요한가 보다, 하고 가볍게 넘길 뿐이에요.

나이를 먹으면서, 주변 환경이 바뀌면서, 취향은 자연스럽게 변합니다. 괜히 고전이니까, 남들 다 읽는 베스트셀러니까, 나도 한번 읽어 봐야 할 것 같다는 생각에 억지로 붙들고 있다가는 책 읽는 재미마저 놓칠 수 있어요. 지금은 그저 좋아하는 책만 실컷 읽어도 됩니다. 그러다 보면 어느 순간 좋아하는 분야가 질리거나 다른 분야에 흥미가 생기는 때가 올 테니까요.

잊지 마세요. '읽다'라는 동사에는 명령법이 먹혀들

지 않는다는 것! 즐거워야 꾸준히 할 수 있습니다.

* 김소영, 『어린이책 읽는 법』(유유, 2017)

Q4

책은 꼭 끝까지 읽어야 할까요?

→ 3분의 1 지점까지 읽고 결정하기

저는 여러 권의 책을 동시에 읽는 병렬 독서를 즐깁니다. 한 권을 다 읽고 다른 책으로 넘어가는 순차적 독서와는 반대되는 방식이지요. 한마디로 문어발 독서를 즐긴다는 뜻입니다. 순수 독자로서 읽고 싶어서 읽는 책과 직업 독자로서 읽어야만 하는 책을 동시다발적으로 읽다 보니 자연스럽게 문어발 독서를 하게 되었습니다. 분량이 짧거나 뒷 내용이 궁금해서 앉은자리에서 뚝딱 읽게 되는 경우를 제외하면, 두세 권에서 많게는 열 권 정도를 동시에 읽는 편입니다.

현재 진행 중인 저의 문어발 독서 목록은 다음과 같

습니다. 먼저 김애란, 김연수, 윤성희, 은희경, 편혜영 작가가 함께 쓴 『음악소설집』. 짧은 분량으로 여러 작가의 이야기를 읽는 것보다 한 작가의 이야기를 진득이 읽는 걸 선호하기에 평소 앤솔로지 작품은 잘 읽지 않지만, 이런 어벤져스급 조합이라면 놓칠 수 없지요. 게다가 프란츠 출판사에서 낸 책들은 물성이 아름다워 소장 가치가 충분합니다. 서평가 금정연이 전하는, 읽기의 기쁨을 되찾기 위한 방법들이 궁금해 읽기 시작한 『한밤의 읽기』는 마지막 챕터만을 남겨 두고 있고, 『호르몬은 어떻게 나를 움직이는가』는 지난봄 갑상샘저하증 진단을 받고 궁금한 마음에 읽고 있습니다. 출간되자마자 읽기 시작했는데, 이런저런 사정에 밀려 세 달째 제자리걸음입니다(곧 네 달째가 될 것 같습니다만……). 얼마 전 서점에 입고된 믿고 읽는 출판사 터틀넥프레스의 신간 『인터뷰 하는 법』과 동료인 윤혜은 작가가 쓴 첫 청소년소설 『우리들의 플레이리스트』는 앞부분만 살짝 들춰 보았고요. 곧 있을 고정순 작가와의 북토크 준비를 위해 몇 년 전에 읽었던 『그림책이라는 산』을 다시 꺼내 꼼꼼히 읽고 있습니다. 그러니까 저는 지금 책 여섯 권에 다리를 뻗치고 있는 중이네요.

저는 패션처럼 독서도 때와 장소, 상황에 따라 어울리는 책이 따로 있다고 생각합니다. 그래서 한번 손에 잡은 책을 다 읽을 때까지 가지고 다니는 게 아니라, 매일 아침 옷장에서 그날 입을 옷을 고심해 고르듯 서가에 꽂힌 책들을 눈으로 훑으며 그날의 기분이나 관심사, 외출 목적에 맞게 '오늘의 책'을 고릅니다. 계절이나 날씨, 기분에 따라 싸이월드 미니홈피 배경음악을 고르던 것처럼요.

『음악소설집』은 가방에 넣고 다니면서 짬이 날 때마다 틈틈이 읽고 있습니다. 이동할 땐 주로 산문집이나 단편소설을 선택합니다. 호흡이 짧아서 도중에 흐름이 끊겨도 독서에 크게 방해되지 않거든요. 지나치게 몰입해서 책을 읽다 내려야 할 역을 놓치는 일도 없고요. 물론 기차를 타고 1시간 이상 가야 하는 장거리 이동이라면 얘기가 달라집니다. 이럴 땐 적당한 분량의 중장편 소설이 좋지요.

생각을 정리하면서 차분히 읽어야 하는 책들은 주로 집에서 잠들기 전에 읽습니다. 『한밤의 읽기』나 『호르몬은 어떻게 나를 움직이는가』가 여기에 해당하지요. 예전에는 침대맡에 두고 읽었는데 거북목이 심해져 요즘은 책상 위에 독서대를 놓고 바른 자세로 책을 읽습니다. (☺) 책 처방을 비롯해 일 때문에 읽어야 하는 책들은 되도록 집에 가져오지 않고 서점에서 두세 시간 반짝 집중해 한 호흡에 읽으려고 하는 편입니다. 여러 권을 한꺼번에 붙잡고 있으면 헷갈리지 않냐는 질문도 종종 받아요. 하지만 오히려 최적의 환경에서 최적의 타이밍에 읽다 보니 의외로 집중력이 올라가 책이 더 잘 읽히더라고요.

이렇듯 마음이 내키는 대로 아무 책이나 꺼내 읽다 보면 문어 다리가 한없이 늘어날 것 같지만 실제로는 그렇지 않습니다. 3분의 1 독서법을 지키기 때문인데요. 방법은 간단합니다. 책의 3분의 1 지점까지 읽은 다음 이 책을 계속 읽을지 말지를 결정하는 거예요.

앞서 소개한 다다서재의 책, 『눈이 보이지 않는 친구와 예술을 보러 가다』를 예로 들어 볼까요. 미술관 관람이 취미인 시각장애인과 함께한 미술관 탐방기를 담은 이 책은 429쪽으로 끝이 납니다. 하지만 수록 작품 목록과 참고 문헌에 6쪽을 할애하고 있으니 본 내용은 423쪽에서 끝나는 셈입니다. 423을 3으로 나누면 141이 나오지요. 141쪽을 펴 봅니다. 4장 '빌딩과 비행기,

어디도 아닌 풍경' 중 일부분이 나오네요. 도중에 책을 덮으면 내용이 끊기니 4장이 마무리되는 148쪽까지는 재미가 있든 없든 무조건 읽는 겁니다. 여기까지 읽었는데도 마음에 와닿는 구절이 없다, 내용이 어렵다, 나랑 잘 안 맞는 것 같다 싶으면 과감히 덮고 다른 책을 찾습니다.

3분의 1 독서법은 완독에 대한 부담감으로 힘들어하는 손님들을 위해 고안한 방법입니다. 책 처방 프로그램을 진행하면서 한번 잡은 책은 끝까지 읽어야 한다는 강박 때문에 자신과 맞지 않는 책도 억지로 완독하는 분들이 의외로 많다는 걸 알게 되었습니다. 뒷부분에는 그래도 와닿는 부분이 있지 않을까, 재밌는 내용이 나오지 않을까 하는 기대감으로 꾸역꾸역 끝까지 읽고 나서 결국은 후회하게 된다면서요. 덕분에 책을 중간에 덮는 일에도 기준이 필요하다는 걸 알게 되었지요.

3분의 1 독서법을 권하는 이유는 기회를 남겨 두기 위해서입니다. 지금은 아니지만 언젠가 다시 이 책과 만날 기회. 시절인연이라는 말, 들어 본 적 있으신가요? 모든 만남에는 다 때가 있다는 뜻으로, 굳이 애를 쓰지 않아도 때가 되면 만나야 할 사람은 만나게 되어 있다는 의미를 담은 불교 용어입니다. 저는 책에도 시절인연이 있다고 믿습니다. 전에는 별로라고 여겼던 책이 시간이 지나 취향이 바뀌거나 관심사가 옮겨 가면서 마음에 와닿는 일이 종종 있잖아요. 책은 그대로여도 그 책을 읽는 내가 변하니까요.

그런데 완독에 대한 강박 때문에 맞지 않는 책을 끝까지 읽어 버리면 책에 대한 나쁜 인상이 뿌리 깊게 박혀서 그 책은 두 번 다시 읽고 싶지 않게 됩니다. 3분의 1 독서법은 책의 내용을 어느 정도만 파악해 두고 시간이 지나 다시 읽고 싶어질 때를 대비해 여지를 남기자는 겁니다. 우리의 시절인연이 닿을 때까지.

『스토너』도 그렇게 5년을 기다려 저에게 닿은 책입니다. 이 책의 존재를 처음 알게 된 건 2015년 여름, 한 팟캐스트를 통해서였어요. 그때만 해도 영미문학에 손이 가지 않을 때라 '나중에 읽어 봐야지' 생각만 하다가 금세 잊었습니다. 그리고 2019년 봄, 위탁 운영을 맡았던 군산의 동네책방 마리서사에서 『스토너』와 다시 만났습니다. 출간된 지 시간이 꽤 지났는데도 하루에 한 권은 서점에서 꼭 팔리는 걸 보고 호기심이 생기더라고요. 군산에서 지내는 동안 이 책만큼은 꼭 읽어 봐야겠다 싶었지요. 그사이 독서 취향이 바뀌어서 영미문학을 자주 찾아 읽던 때이기도 했고요. 마침내 우리의 시절인연이 닿은 겁니다.

　　저는 3분의 1을 기준점으로 삼지만, 다소 많게 느껴진다면 4분의 1로 줄여도 좋습니다. (단, 2분의 1은 분량이 너무 많고, 5분의 1은 내용을 파악하기에 부족하므로 추천하지 않습니다.) 이 독서법의 의미는 어느 지점에서 책을 계속 읽을지 말지를 결정하는 규칙을 정하는 데 있으니까요.

Q5

내 독서 취향이 뭔지
모르겠어요

→ 책들 사이에서 공통점 찾기

여러분은 자신의 독서 취향에 대
해 알고 계신가요? 어떤 분야의 책을 즐겨 읽고 어떤 분
야에는 손이 가지 않는지, 책이 나오면 무조건 믿고 읽
는 작가는 누구이고 서가에 지분을 많이 차지하고 있는
출판사는 어디인지 망설임 없이 대답할 수 있으신가요?
『슬픔의 방문』을 쓴 『시사IN』의 장일호 기자가 사적인
서점의 책 처방 프로그램을 이용한 뒤 이를 기사로 소개
한 적이 있습니다. 기사 내용 중에 "신청서의 질문이 그
러했듯이, 독서 차트를 작성하기 위해 정 씨가 던지는 질
문도 간단치 않았다. 손이 자주 가는 분야의 책이나 피하

게 되는 책, 책을 읽는 이유 등을 묻는 식이다. 정 씨가 주로 하는 일은 책 처방이지만, 실은 질문을 선물하는 일이기도 했다."라는 표현이 인상적이었지요.

독서 문진표를 작성할 때 가장 공들여 묻는 질문이 있습니다. 인생에서 가장 좋아하는 책 세 권을 묻는 질문입니다. 이 세 권만으로도 손님의 독서 취향을 얼추 파악할 수 있거든요. 먼저 상담을 시작하기 전에 신청서에 적힌 '인생에서 가장 좋아하는 책 세 권'의 답변을 보고 미리 검색해서 도서 정보를 파악해 둡니다. 제가 읽은 책이라면 괜찮지만 제목만 알고 있거나 처음 보는 책이 언급되는 경우가 훨씬 더 많기 때문인데요. 상담하면서 손님에게 직접 책의 내용을 설명해 달라고 요청하기도 합니다. 그런 다음 인생의 어느 시기에 이 책을 읽었는지, 책에서 어떤 부분이 좋았는지, 특별히 기억하는 구절이 있는지 물으면서 손님이 가장 좋아하는 책으로 고른 이유를 꼼꼼하게 파악합니다.

중요한 것은 이 세 권 사이에서 공통점을 찾는 일입니다. 공통점을 찾으려면 책의 분야, 저자 정보, 문체, 내용부터 이 책을 어떤 시기에 읽었는지, 책에서 어떤 영향을 받았는지, 손님이 책을 설명하면서 자주 사용하는

단어나 표현까지 샅샅이 살펴봐야 하지요. 예를 들어 볼
까요?

- 신명진, 『지금 행복하세요?』(로크미디어)
- 카렌 와이어트, 『일주일이 남았다면』(예문)
- 폴 칼라니티, 『숨결이 바람 될 때』(흐름출판)

위의 세 책은 실제 책 처방 프로그램을 이용한 손
님이 인생에서 가장 좋아하는 책으로 꼽은 목록입니다.
『지금 행복하세요?』는 다섯 살 때 기차 사고로 인해 두
다리와 오른팔을 잃은 사서 신명진의 에세이입니다. 자
신이 만든 한계에 좌절하거나 포기하지 않으면 결국 행
복해질 수 있다는 경험에서 우러나온 메시지가 담겨 있
지요. 『일주일이 남았다면』은 호스피스 의사로 일해 온
저자가 죽음을 앞둔 사람들을 통해 삶의 지혜를 얻고 마
음을 치유해 가는 이야기를 그리고 있고, 『숨결이 바람
될 때』는 말기 암 판정을 받은 젊은 의사가 삶과 죽음을
성찰하며 마지막까지 인간으로서의 의미를 찾아가는 여
정을 담은 책입니다.
　이제 이 세 권을 관통하는 교집합을 찾아볼까요? 먼

저 카테고리입니다. 세 책 모두 저자의 실제 경험담을 바탕으로 한 에세이 분야에 속합니다. 만약 손님이 꼽은 책이 소설이라면 장편인지 단편인지, 소설의 배경이 되는 시대와 장소, 장르적인 요소까지도 구체적으로 파악해야 하지요.

　다음은 저자의 정보를 살펴봅니다. 『지금 행복하세요?』의 저자는 다섯 살 되던 해 집 앞 철길에서 사고로 두 다리와 오른팔을 잃었지만 외팔의 수영선수로서, 의족의 마라토너로서, 서울도서관의 사서로서 열정적인 삶을 살아가는 한국 남성입니다. 『일주일이 남았다면』의 저자는 25년간 호스피스 의사로 일해 온 미국 여성이고요. 열여섯 살 때 친구가 사망한 산악 사고를 계기로 얼마나 사느냐보다 어떻게 사느냐가 중요하다는 걸 깨닫고 사랑하는 법을 배우며 살기 위해 의사가 되기로 결심한 인물입니다. 『숨결이 바람 될 때』의 저자 또한 의사입니다. 전문의를 앞둔 신경외과 레지던트 마지막 해, 혹독한 수련 끝에 원하는 삶이 손에 잡힐 것 같던 바로 그때 폐암 4기 판정을 받은 서른여섯의 미국 남성이지요.

　이 세 명의 저자 정보에서 공통적으로 등장하는 키

워드를 찾으셨나요? 바로 '사고'입니다. 세 권 모두 뜻밖에 일어난 불행한 일을 통해 죽음을 직간접적으로 경험한 사람들의 이야기를 담고 있으며, 현재의 소중함을 깨닫게 해 주는 책이라는 교집합을 가지고 있습니다. 손님에게 이 점을 짚어 드리니 이런 공통점이 있는지 몰랐다면서 깜짝 놀라시더라고요. 그러고 보니 그동안 소설은 허구라는 생각이 들어서 손이 잘 안 갔던 것 같다고, 여기 골라 온 책들처럼 삶의 시련을 마주한 사람들의 생생한 경험담에서 살아갈 힘을 얻는다는 말과 함께요. 이를 통해 손님은 소설보다는 실화를 바탕으로 한 에세이를 선호하며, 책을 통해 인생을 살아가는 데 필요한 힘과 응원, 자극을 얻고 싶어 한다는 사실을 알 수 있었습니다. 인생책 세 권으로 독서 취향과 독서관 모두를 알아낸 셈이지요.

이처럼 세 권의 책을 관통하는 맥락이 단박에 찾아지는 책들이 있는가 하면, 책의 기본 정보만으로는 공통점을 찾기가 쉽지 않은 경우도 있습니다. 한 가지 예를 더 살펴볼까요?

• 박상영, 『대도시의 사랑법』(창비)

- 유병욱, 『생각의 기쁨』 (북하우스)
- 박연준, 『인생은 이상하게 흐른다』 (달)

『대도시의 사랑법』은 박상영 작가의 두 번째 소설집으로 2019 젊은작가상 대상 수상작인 「우럭 한점 우주의 맛」을 비롯해 네 편의 중단편을 모은 연작소설입니다. 최근 동명의 영화와 드라마가 공개되기도 했지요. 30대 초반의 작가 '영'이 좌충우돌하며 삶과 사랑을 배워 나가는 과정이 흥미롭게 펼쳐집니다. 『생각의 기쁨』은 16년 차 카피라이터이자 크리에이티브 디렉터로 일하고 있는 저자가 사소한 아이디어를 크게 키우는 일상의 태도론을 담은 책입니다. 좋은 생각을 만드는 기본, 자세, 과정, 기준에 관한 저자의 사유가 살뜰히 담겨 있습니다. 『인생은 이상하게 흐른다』는 박연준 시인이 인생을 대하는 곧은 시선을 담은 산문집입니다. 지나오고 나서야 깨닫고 새로이 해석되는 인생의 장면들, 그때는 몰랐지만 이제는 이해할 수 있을 것 같은 상황들에 대한 이야기가 실려 있지요.

이제 세 권 사이의 공통점을 찾아보겠습니다. 먼저 카테고리입니다. 중단편으로 구성된 연작소설, 교양 인문학, 시인이 쓴 산문집. 첫 번째 예시와 달리 장르적인 공통점은 없어 보입니다. 저자도 국내 저자라는 공통점 말고는 크게 눈에 띄는 점을 찾기가 어렵고요. 이 점을 짚자 평소 번역투가 거슬려서 외서는 잘 읽지 않는다는 답변이 돌아왔습니다.『생각의 기쁨』과『인생은 이상하게 흐른다』를 저자의 고유한 '태도' 혹은 '시선'을 다룬 책이라는 공통점으로 묶을 수도 있겠습니다만,『대도시의 사랑법』엔 적용하기 어려울 것 같습니다.

이럴 땐 독자의 감상이 중요한 힌트입니다. 먼저 손님에게 각각의 책을 인생책으로 꼽은 이유를 물어봅니다.『대도시의 사랑법』은 사랑은 좋지만 아프고도 아프다는 것을 알려 준 책이라고 하네요.『대도시의 사랑법』을 읽기 전까진 소설을 이해하기 어렵다고 생각했는데, 이 책 덕분에 소설의 재미를 느낄 수 있었다는 말도 덧붙였고요.『생각의 기쁨』은 자신을 책의 세계로 이끌어 준 책이라고 답했습니다. 평소 디깅digging(흥미 있는 분야의 정보를 얻으려고 이것저것 검색해 보는 일)이나 생각하는 것을 좋아하지만 생산성 없는 일이라고 생각해 왔다고 해요. 그런데 이 책 덕분에 자신이 하는 모든 일이 쓸모없는 것은 아니라는 위안을 받았다고 했습니다. 마지막으로 『인생은 이상하게 흐른다』는 인생을 바라보는 관점을 바꾼 책이라고 대답했습니다. 인생은 행복한 일로만 가득할 줄 알아서 슬픈 일이 생기면 자주 무너지곤 했는데, 이 책을 읽고 인생은 행복한 일보다 슬프고 힘든 일이 많다는 것을 깨달았다고, 덕분에 좀 더 행복해졌다고요.

앞서 『생각의 기쁨』과 『인생은 이상하게 흐른다』를 저자의 고유한 '태도' 혹은 '시선'을 다룬 책이라는 공통점으로 묶을 수 있지 않을까 추측했는데, 손님의 이야기를 듣고 나니 비로소 세 권을 모두 관통하는 교집합이 보였습니다. 이 세상에 절대적으로 좋고 나쁜 건 없다는 걸 알려 주는 책, 삶을 입체적으로 바라보고 받아들일 수 있도록 관점을 전복시킨 책이라는 공통점입니다. 좋아하는 책을 반드시 세 권 꼽아 달라고 요청하는 이유도 이때문입니다. 적어도 세 권은 되어야 보다 정교하고 섬세하게 공통점을 추려 낼 수 있거든요.

좋아하는 책 세 권을 묻는 질문만큼 중요한 질문이 또 하나 있습니다. 서점을 둘러보며 아직 읽어 보지 않은 책 중에서 관심 가는 책 세 권을 골라 달라는 것인데요. 좋아하는 책 세 권이 손님의 독서 취향과 독서를 통해 얻고 싶은 것을 파악하는 질문이라면, 읽고 싶은 책 세 권은 손님의 현재 관심사나 고민이 무엇인지 파악할 수 있는 질문입니다. 좋아하는 책과는 달리 손님이 읽지 않은 책이기 때문에 책에 대한 내용보다는 손님이 어떤 점에 끌려서 이 책을 골랐는지를 중점적으로 파악합니다. 주로 책의 제목이나 표지 디자인, 뒤표지나 띠지의 카피 문구, 우연히 펼친 페이지에서 눈에 들어온 문장 때문에 골랐다는 답변이 나오는데요. 이번에도 손님이 이유를 설명하면서 자주 이야기하는 단어나 표현에 집중하면서 세 권의 책을 묶는 공통점을 찾습니다.

- 다니엘 페나크, 『몸의 일기』 (문학과지성사)
- 카렐 차페크, 『평범한 인생』 (열린책들)
- 김정연, 『혼자를 기르는 법 1』 (창비)

재작년 즈음 서점에 온 손님이 고른 책 세 권입니다. 손님은 오로지 제목만 보고 이 책들을 골랐다고 했습니다. 얼마 전 사고로 손가락이 부러져 수술을 했다고, 그래서 제일 먼저 『몸의 일기』가 눈에 들어왔다고 했지요. 하필 다친 부위가 오른손이라 일을 할 수 없어 휴직을 했고, 엎친 데 덮친 격으로 수술까지 잘못돼 복귀가 늦어지고 있다고, 내 인생은 왜 이 모양일까 싶어서 『평범한 인생』을 골랐다고 합니다. 손님은 늦둥이 외동으로 태어나 연로한 부모님을 혼자 부양하고 있다고 했습니다. 자신의 인생을 감당하는 것만으로도 벅찬데 부모님까지 신경 써야 하니 마음의 부담이 크다고, 이게 『혼자를 기르는 법 1』을 마지막 책으로 고른 이유라고 했습니다. 그저 눈에 들어오는 책 제목 세 개를 말했을 뿐인데, 이를 바탕으로 손님이 현재 처해 있는 상황과 고민, 심리 상태까지 알 수 있었지요. 지금 내가 읽고 싶은 책들이 나의 안부를 말해 주는 셈입니다.

　에세이나 단편소설을 주로 읽는다고 이야기하는 손님의 사연을 파고들어 가다 보면, 직업 특성상 긴 시간을 내기가 어려워 이동하는 틈틈이 책을 읽다 보니 호흡이 긴 장편소설이나 집중력이 필요한 인문서를 읽기 어렵다는 배경이 숨어 있습니다. SF소설을 좋아하는 손님에게는 안 그래도 사는 게 힘든데 동시대 한국소설을 읽으면서 또다시 현실을 경험하고 싶지 않다는 속사정이 있지요. 추리소설을 좋아한다는 손님의 마음 깊숙한 곳에서는 기상천외한 사건들이 벌어지는 소설 속에서 그래도 사건은 늘 해결되고 일상은 다시 제자리를 찾는다는 사실이 위로가 된다는 나름의 이유가 있습니다. 책을 읽는 시간만큼은 팍팍한 현실에서 벗어나 다른 세계로 도피하고 싶은 마음이 즐겨 읽는 책을 통해 자연스럽게 반영된 거예요.

이처럼 저는 '책'에 대해 질문을 던지지만, 답에서 그 책을 읽은 '사람'이 드러난다는 점이 흥미롭습니다. 재밌으니까, 손이 가니까 집은 책인데 '왜?'라는 이유를 따져 물었더니 '아, 내가 이런 상황 때문에 그랬구나' 혹은 '내가 책에서 이런 의미를 찾고 있었구나' 하는 점을 알게 되어 신기하다고 손님들 역시 입을 모아 이야기하지요. 책은 단순한 기호와 취향을 넘어 우리가 좋아하는 것, 불편한 것, 바라는 것을 나타냅니다.

여러분이 인생에서 가장 좋아하는 책 세 권은 무엇인가요? 이 책들을 관통하는 공통점은 무엇인가요? 가까운 서점이나 도서관에 들러 관심 가는 책 세 권을 골라 보세요. 당신이 고른 책들이 스스로도 눈치채지 못했던 속마음을 말해 줄 거예요.

Q6

독서 취향을 넓히고 싶어요

→ 뜻밖의 좋은 책 발굴하기

손님에게 책을 처방할 때, 제 나름대로 중요한 두 가지 원칙을 따르고 있습니다. 첫 번째 원칙은 '완독한 책이어야 한다'입니다. 읽지 않은 책을 처방하지 않는다는 건 어쩌면 당연한 일일 텐데, 여기서 포인트는 마지막 페이지까지 읽어야 한다는 점입니다. 중반부까지 재미있게 읽었는데 마무리에서 실망하는 책들이 적지 않은 데다가, 제가 읽지 않은 부분에서 손님이 싫어한다고 얘기한 소재나 표현이 등장할 수 있기 때문이지요.

두 번째는 '베스트셀러는 최대한 피한다'입니다. 첫

번째 원칙이 책 처방의 완성도를 위한 거라면, 두 번째 원칙은 손님의 만족도와 연관되어 있습니다. 손님은 나만을 위해 아껴 고른 책을 기대하며 일정 금액의 비용을 지불하고 귀한 시간을 내어 찾아왔습니다. 그런데 처방받은 책이 대형 서점 베스트셀러 코너에서 쉽게 볼 수 있는 책이라면? 손님 입장에서는 나만을 위한 처방처럼 느껴지지 않을 수 있겠지요. 세상에 이런 책이 있는 줄도 몰랐는데 읽어 보니 지금 나에게 꼭 필요한 책. 책 처방 프로그램의 이용료에는 이런 발견의 기쁨이 포함되어 있다고 생각합니다. (물론 이 책이 아니면 안 되겠다 싶을 땐 부득이하게 베스트셀러를 처방하기도 합니다. 양귀자의 『모순』이나 제임스 클리어의 『아주 작은 습관의 힘』 같은 책이 여기에 해당하지요.)

손님들에게 발견의 기쁨을 선물하고 싶어 저는 잘 알려지지 않은 좋은 책을 찾아 레이더를 바짝 세우고 다닙니다. 인지도 높은 저자가 쓴 책, 대형 출판사에서 만든 책, 이제 막 나온 신간은 상대적으로 노출되거나 주목받을 기회가 많잖아요. 그러니까 저는 정확히 정반대의 책을 찾아다닙니다. 인지도 낮은 저자가 쓴 책, 소규모 출판사에서 만든 책, 출간 후 오래도록 주목받지 못한 책들을요. 묻혀 있던 좋은 책을 발굴해 사람들에게 소개할 때, 저의 관심과 애정이 책의 운명에 작게나마 도움이 될 때, 무엇과도 바꿀 수 없는 보람을 느낍니다.

요즘 재밌게 읽은 책이 뭐예요?

제가 가장 자주 사용하는 방법은 사람들을 만날 때마다 "요즘 재밌게 읽은 책이 뭐예요?"라고 물어보는 겁니다. 다양한 배경과 취향을 가진 사람들은 서로 다른 경험과 관점을 가지고 있습니다. 이들의 추천을 받으면 나의 관심사나 취향에 맞지 않아 레이더 안에 들어오지 않았던 뜻밖의 좋은 책을 알 수 있지요.

일을 그저 일로만 생각하지 않고 일을 통해 더 나은 사람이 되고 싶어 하는 분들에게 처방하는 책 『인문교양책 만드는 법』도 이 방법으로 발굴한 책입니다. 일 때문에 몇 번 만난 적 있는 편집자님과 오랜만에 만나 밥을 먹는 자리에서 언제나처럼 "요즘 재밌게 읽은 책 있으세요?"라고 물었습니다. 10년 차가 넘어가면서 일에 대한 고민이 많았다는 편집자님은 『인문교양책 만드는 법』을 읽고 나름의 답을 얻었다고 했습니다. 평소 인문교양이 아닌 다른 분야의 책을 만드는 분이었기에 의아했지요. 같은 분야에서 일하는 유명 편집자가 쓴 책을 읽었을 땐 재능과 열정으로 반짝거리는 그의 모습에 오히려 주눅이 들었지만, 이 책은 분야는 달라도 나 같은 평범한 사람도 할 수 있다고 응원해 주는 것 같아 기운이 났다고 편집자님은 덧붙였습니다.

궁금한 마음에 곧바로 책을 찾아 읽었습니다. 『인문교양책 만드는 법』은 18년 차 인문교양책 편집자 이진이 저자로서 펴낸 첫 책입니다. '이진'이라는 이름은 낯설지 몰라도 여러분의 서가에 그가 작업한 책 한두 권쯤은 꽂혀 있지 않을까 싶어요. 『어린이라는 세계』, 『실격당한 자들을 위한 변론』, 『사이보그가 되다』 등을 만든 편집자거든요. 출간 소식은 알고 있었지만 저는 편집자도 아니고 인문교양책을 만들고 싶은 건 더더욱 아니라 읽어 볼 생각조차 하지 않았던 책이었는데, 막상 읽어 보니 편집자가 아니더라도 일과 삶을 함께 돌보며 성장하고자 하는 직업인이라면 배울 점이 많은 책이었습니다. 자기 일을 하며 자리를 지키고 있는 것만으로도 시작되는 일이 있다는 걸, 손익분기표에 나오는 숫자만으로 어떤 일의 진행 여부를 결정할 수 없다는 걸, 마케팅이 아닌 연결성을 위해 SNS를 운영할 수도 있다는 걸, 저 또한 『인문교양책 만드는 법』을 읽으며 배웠으니까요. 이런 책을 놓칠 뻔했다니!

사적인서점을 연 첫 해인 2016년 12월에는 '눈 밝은 출판인 31명이 고른 올해의 책' 기획전을 열었습니다. 명목은 12월 1일부터 31일까지 하루에 한 명씩 추천 글을 올리기 위해서라고 했지만 편집자, 마케터, 디자이너, 서점원에 이르기까지 다양한 배경과 취향을 가진 이들에게 책을 추천받기 위한 계략이 담겨 있었어요.

이 기획전을 통해 여러 권의 책을 소개받았는데, 그중에서도 특히 기억에 남는 두 권이 있습니다. 하나는 20세기 독일의 신학자이자 철학자인 로마노 과르디니가 탄생에서 죽음에 이르기까지 인생의 각 시기마다 인간이 추구해야 할 가치를 정리한 강연록 『삶과 나이』이고, 다른 하나는 일본의 사회학자 기시 마사히코가 '살아간다는 것은 무엇인가?'에 관해 쓴 『단편적인 것의 사회학』입니다. 전자는 유유출판사의 조성웅 대표가, 후자는 유유출판사의 거의 모든 책을 디자인한 이기준 디자이너가 꼽은 올해의 책이었지요. 그들의 추천이 아니었다면 20세기 독일의 철학자와 바다 건너 일본의 사회학자가 쓴 책이 제 손에 닿을 수 있었을까요?

책 처방 프로그램을 진행하다 반대로 제가 손님에게 책을 추천받는 경우도 있습니다. 독서 문진표에 인생에서 가장 좋아하는 책 세 권을 묻는 질문이 있다고 말씀드렸지요. 이곳에 적힌 책들은 누군가의 인생책으로 꼽혔다는 사실 자체만으로 저의 관심을 끕니다. 심윤경 작가의 소설 『설이』는 "소설의 탈을 쓴 부모 교육서"라는 손님의 소개말에 호기심이 생겨 읽은 책입니다. 사적인 서점 서가에서 빠질 수 없는 두 책, 대니 그레고리의 드로잉 에세이 『모든 날이 소중하다』와 이스라엘 작가 아모스 오즈가 그린 사랑과 결혼 이야기 『나의 미카엘』도 손님의 인생책 중 한 권이었고요.

주변에 책을 많이 읽는 친구가 있다면 이렇게 물어보세요. "요즘 재밌게 읽은 책이 뭐야?"라고요. 독서 모임에서 새로 사귄 친구나 마음이 통하는 단골 서점 주인에게 묻는 것도 좋고, 기회가 된다면 강연이나 북토크에서 좋아하는 작가에게 직접 물을 수도 있을 겁니다. 꼭 주변 사람으로 한정할 필요는 없어요. SNS나 이메일을 통해 묻는 방법도 있으니까요.

동네 서점 산책하기

『고독한 미식가』로 잘 알려진 구스미 마사유키(글)와 다니구치 지로(그림) 콤비가 함께 쓴 또 다른 만화책,『우연한 산보』를 좋아합니다. 문구회사에 다니는 중견 영업사원인 우에노하라는 우연한 사건을 계기로 도쿄의 골목골목을 산책하고 일상의 다양한 풍경을 마음에 담습니다. 한마디로 '고독한 미식가'를 잇는 '고독한 산책가'의 이야기랄까요. 가볍게 읽을 수 있는 단권 만화지만 그 안에 담긴 산책에 대한 철학은 오래도록 마음에 남습니다. 글을 담당한 구스미 마사유키는 스토리 취재를 하면서 세 가지 규칙을 세웠다고 해요.

1. 책이나 인터넷으로 미리 조사하지 않는다.
2. 사전에 지도를 보고 간다고 해도, 걷기 시작하면 그때그때 재미있어 보이는 쪽을 향해 적극적으로 샛길로 샌다.
3. 시간 제한을 두지 않고 느긋하게 걷는다.

지도나 노선도를 보면서 가 본 적 없는 마을, 내린 적 없는 역, 옛날 친구가 살던 주택가 등 뭔가 느낌이 오면 밑조사 없이 갔고, 그렇게 해서 생긴 예상치 못한 에피소드들이 모여 『우연한 산보』가 탄생한 거지요. 이 규칙은 오프라인 서점이나 도서관에서 책을 고를 때도 적용할 수 있습니다.

1. 필요한 책을 미리 조사하지 않고 오프라인 서점 혹은 도서관에 간다.
2. 광고나 평점, 리뷰에 의지하지 말고 자신의 직감에 따라 재미있어 보이는 책을 고른다. 도서관이라면 책이 꽂혀 있는 서가 말고, 사람들이 반납하고 간 책들을 모아 둔 북카트를 노리는 것도 방법!
3. 시간 제한을 두지 않고 느긋하게 살펴본다.

이 세 가지 규칙을 잘 지키면 내가 원하는 줄도 몰랐던 뜻밖의 책들을 발견할 수 있습니다. 저는 그중에서도 동네 서점 산책을 추천하고 싶어요. 개인이 운영하는 동네 서점은 투자할 수 있는 자본이 적다 보니 보통 10~20평 남짓의 작은 공간인 경우가 많습니다. 공간이 한정적이라 책을 들여놓을 때도 한 권 한 권 아껴 고를 수밖에 없지요. 판매 중인 거의 모든 책이 책방지기의 검

증을 거쳤기 때문에 나와 취향이 맞는 서점을 찾기만 한다면 노다지를 발견한 것과 마찬가지입니다. 그래서 저는 약속을 잡을 때 좋아하는 동네 서점이나 가 보고 싶은 동네 서점이 있는 곳으로 만남 장소를 정합니다. 여행을 갈 때도 그 지역의 동네 서점 한두 곳은 일정에 꼭 넣고요.

처음 방문한 서점이라면 서가를 관찰하며 서점의 전체적인 분위기를 관찰합니다. 어떤 분야의 장서량이 특히 많은지, 이곳만의 고유한 서가 분류법이 있는지, 표지가 보이게 진열한 책들은 어떤 책인지 살펴보며 책방지기의 관심 분야나 취향을 추측하지요. 홍대 땡스북스의 '금주의 책' 코너나 제주 소심한책방의 'STAFF PICK' 코너처럼 책방지기가 힘주어 소개하는 책들이 있다면 유심히 살펴봅니다. 이렇게 쓱 서점을 둘러볼 때 평소 제가 좋아하는 책들이 눈에 얼마나 띄느냐에 따라 마음에 드는 책을 발견할 확률 또한 함께 올라갑니다.

이제 본격적으로 책 발굴을 시작합니다. 관심 분야의 책이 모여 있는 서가 앞에 서서 그곳에 꽂힌 모든 책을 꼼꼼히 살펴보며 낯선 책들, 그러니까 이 서점이 아니면 만날 기회가 없었던 책들을 찾습니다. 한국소설을 좋아한다면 한국소설이 모여 있는 서가에서, 여행 에세이를 좋아한다면 여행과 관련된 책이 모여 있는 서가에서 처음 만나는 책을 찾는 거예요. 이때 어떤 저자의 책이 여러 권 갖춰져 있거나 따로 섹션을 가지고 있다면 그 저자는 서점에서 추천하는 저자, 믿고 읽는 저자일 가능성이 높습니다.

저는 이렇게 책방지기의 안목에 기대어 새로운 작가를 발굴하는 것을 좋아해요. 이와 같은 방법으로 속초 동아서점에서 유디트 헤르만을, 부산 손목서가에서 아드리앵 파를랑주를 만났습니다. 문학 강사로 살아가다 갑자기 양치기가 된 악셀 린덴의 목장 일기 『사랑한다고 했다가 죽이겠다고 했다가』는 연남동 밤의서점에서(지금은 신촌으로 자리를 옮겼습니다), 2003년에 출간된 베르나르 올리비에의 여행기 『나는 걷는다』 시리즈는 군산 마리서사에서 발굴했지요. 모두 그 서점에 가지 않았다면 저와 닿지 못했을 책입니다.

동네 서점에 진열된 책은 한 권도 허투루 놓인 것이 없습니다. 매대에 누워 있으면 누워 있는 대로, 서가에 꽂혀 있으면 꽂혀 있는 대로, 책방지기는 나름의 의도와 맥락을 가지고 책을 진열합니다. 많고 많은 책 중에서 왜 하필 이 책을 표지가 보이게 진열했을까, 이 책과 이 책을 나란히 둔 이유는 무엇일까, 책방지기의 의도와 맥락을 추측하면서 책을 살피면 서점 구경이 훨씬 즐거워진답니다.

온라인 서점에서 자신이 읽고 싶었던 책을 '목적구매'(충동구매와 대비되는 개념으로, 소비자가 특정한 목적이나 필요를 충족하려고 계획적으로 상품을 구매하는 행위)한다면, 오프라인 서점에서는 서가를 산책하며 자신이 몰랐던 새로운 책을 발견하는 기쁨을 누릴 수 있지요. 아참, 동네 서점에서 발견한 책은 그 서점에서 구입하는 것으로 발견한 값을 치르는 것, 알고 계시죠?

책으로 빙고게임

2019년이 며칠 남지 않은 날이었습니다. 새해 첫 노래로 뭘 들을 거냐고 동생이 묻더군요. 새해 처음 들은 노래가 그 해의 운세를 좌우한다나요. 그런 게 어딨냐며 웃고 넘겼는데 2020년 1월 1일, 서점에 출근해 입간판을 내놓다가 문득 이런 생각이 들었습니다. 새해 처음 들은 노래가 한 해 운세를 좌우한다면, 새해 처음 판 책이 책방의 한 해 운세를 좌우하는 건 아닐까?!

서점에 들어오는 손님을 예의 주시하며 올해의 첫 책을 기다렸습니다. 손님이 가져온 책은 민음사 세계시인선으로 나온 페르난두 페소아의 『시는 내가 홀로 있는 방식』이었어요. 시집 코너를 정리할 때마다 종종 눈에 띄었던 책이지만 읽어 본 적 없는, 아니 솔직히 말하면 읽을 생각조차 안 해 본 책이었지요. 서점에서 일하며 선입견 없이 다양한 책을 읽으려고 노력하지만 그럼에도 손이 덜 가는 책은 있는 법. 저한테는 그게 시집이거든요. 내용을 알아야 올해의 책방 운세도 점쳐 볼 수 있을 텐데……. 하는 수 없이 뒤적뒤적 책장을 넘겨 보았습니다. 그리고 마음에 품고 싶은 시 한 편을 발견했어요. 바로 「양 떼를 지키는 사람」 중 스물한 번째 시입니다. 사람들은 항상 행복하기만을 바라지만 모든 날이 맑은 날일 수 없고, 가뭄이 들 때 비를 기다리듯 우리 역시 자연스러우려면 때때로 불행을 겪을 필요가 있다는 내용이 인상적이었거든요.(전문을 꼭 읽어 보세요.)

새해 처음 판 책이라는 핑계가 없었다면 이 시와 만날 일도 없었을 테고, 『시는 내가 홀로 있는 방식』은 여전히 제목만 알고 있는 책으로 남아 있었을 거예요. 저는 이런 우연한 만남을 좋아합니다. 자신의 의지만으로는 닿을 수 없었던 새로운 세계로 데려가기 때문이지요.

그해 초봄, 자발적인 원고 마감을 위해 모인 동료 작가들과 '어떤요일' 프로젝트를 시작했습니다. 월요일부터 토요일까지 여섯 명의 작가가 카카오톡 비밀 채팅방을 통해 글을 전송하는 온라인 구독 서비스로, 저도 요일 하나를 맡아 세 달 동안 연재를 해야 했지요. (이 프로젝트로 김신지 작가의 『기록하기로 했습니다』와 『제철 행복』, 김연지 작가의 『기대어 버티기』, 이미화 작가의 『수어』가 출간되었답니다. 『꼭 맞는 책』도 마찬가지고요.) '새해 첫 책'이라는 미션으로 뜻밖의 좋은 책을 알게 된 터라 비슷한 방식으로 연재 주제를 정할 순 없을까 고민하던 차에 SNS에서 돌아다니는 '책 빙고'를 알게 되었어요.

책 빙고는 독서 경험을 즐겁게 만들기 위한 일종의 게임으로, 전통적인 빙고 게임의 형식을 차용하여 다양한 책을 읽도록 미션을 부여합니다. 방법은 간단해요. 먼저 4×4 혹은 5×5로 빙고 카드를 구성합니다. 각 칸에는 독서 미션이 적혀 있고, 참가자는 빙고 카드에 적힌 미션을 하나씩 수행합니다. 미션을 완료할 때마다 해당 칸을 표시하거나 색칠하는데 가로, 세로, 대각선으로 한

줄을 만들면 빙고가 완성되지요. 구독자분들도 함께 참여할 수 있어서 서로의 미션 도서 목록을 확인하는 재미도 있겠더라고요.

직업인이 자신의 일에 대해 쓴 책	글보다 그림이 많은 책	데뷔작	나와 같은 해에 태어난 작가가 쓴 책
좋아하는 책 다시 읽기	제목에 사람 이름이 들어가는 책	영화나 드라마의 원작	지인이 요즘 읽고 있는 책
500페이지가 넘는 벽돌책	여행하고 싶은 나라 혹은 도시가 배경으로 등장하는 책	소설가나 시인이 쓴 산문집	세계문학전집 중 하나
동네 서점에서 추천받아 구입한 책	표지만 보고 마음에 들어서 산 책	노벨문학상을 수상한 여성 작가의 책	취미와 관련된 책

어떤요일 연재 당시 제가 만들었던 책 빙고입니다. 3개월 동안 네 줄 빙고를 완성하는 것을 목표로 한 주에 한 칸씩 미션에 해당하는 책을 찾아 읽고 글을 썼습니다.

제목에 사람 이름이 들어간 책을 찾다가 E. M. 포스터의 소설 『모리스』를 읽었고, 소설가나 시인이 쓴 산문집을 찾다가 이승우 작가가 쓴 『소설을 살다』를 읽었습니다. 둘 다 책 빙고를 통해 처음 접한 작가의 작품으로, 미션 덕분에 우연히 집어들었지만 지금은 사적인서점에서 빼놓을 수 없는 처방책으로 활약하고 있지요.

독서 취향을 넓히고 싶다면 가족이나 친구, 독서 모임 사람들과 함께 책 빙고 게임을 즐겨 보세요. 평생 읽을 일 없을 것 같았던 생소한 분야나 낯선 작가의 작품과 새롭게 만나는 좋은 기회가 될 거예요.

2장

책처방사는 책을
어떻게 읽을까?

Q7

책 추천과 책 처방은 어떻게 다른가요?

→ 책의 자리 찾아 주기

　　　　　사적인서점에 사서 선생님이 다녀갔습니다. 손님은 10년 동안 일하던 직장을 떠나 새로운 곳에서 일하게 되었다고 했어요. 자의가 아닌 타의로 인한 전출이었던 데다가, 이전 직장과는 다르게 사서라는 직업을 존중해 주지 않는 분위기라 적응이 쉽지 않다고 했지요. 자신의 일을 잘 해내고 싶지만 마음처럼 따라 주지 않는 환경에 괴리감을 느낀다는 손님의 이야기에, 번뜩 제가 아는 사서 한 명이 떠올랐습니다. 정세랑 작가의 장편소설 『피프티 피플』에 등장하는 '김한나'입니다.

　　　제목에서도 알 수 있듯 『피프티 피플』은 무려 51명

이 주인공으로 등장하는 독특한 소설입니다. 차례를 펼치면 송수정, 이기윤, 권혜정…… 주변에서 한 번쯤 들어봤을 법한 사람 이름들이 줄줄이 적혀 있지요. 한 편 한 편 따로 떼어 읽으면 단편소설 같아 보이지만 앞선 이야기에서 조연으로 등장했던 인물이 다음 이야기에선 주연이 되고, 그 주연은 다시 다른 이야기에서 단역으로 스쳐 지나가는 흥미로운 장편소설입니다. (이런 형식을 '연작소설'이라 부르는데, 각 이야기가 독립적이면서도 주제나 배경, 혹은 등장인물이 서로 얽혀 하나의 큰 이야기를 이룹니다.) 우리 주변에 있지만 눈에 보이지 않아 모르고 지나쳤던 사람과 사람 사이의 촘촘한 관계망을 한 권의 책으로 옮겨 놓은 것 같달까요.

한나는 사서로 8년간 일해 왔습니다. 항상 능숙해질 대로 능숙해지는 시점에 자리를 옮겨야 하는 계약직 사서였지요. 한나는 책을 사랑하고 사서 일을 사랑했지만 한국에서 사서가 취급받는 방식을 사랑하진 않았어요. 계약직으로만 옮겨 다니는 한나를 보다 못한 친척 어른이 임상시험 책임자라는 있는지도 몰랐던 직업을 소개해 줬을 때, 한나는 지친 마음으로 받아들였습니다. 정직원이기만 하면 뭐라도 좋다는 마음으로요. 임상시험 책임자는 면면이 까다로운 일이었지만 한나는 금방 익숙해졌습니다. 그토록 바라던 안정감도 찾았고요.

어느 날 한나는 세심하게 고른 책 몇 박스를 병원에 가져갑니다. 시험 참가자들이 손쉽게 골라 읽을 수 있는 가볍고 속도가 빠른 책들, 뭔지 모를 알약을 삼켜야 하는 두려움을 밀어낼 수 있을 만큼 흥미진진한 책들을요. 저는 손님에게 보내는 편지에 『피프티 피플』 속 한 구절을 옮겨 적으며 이렇게 썼습니다.

아무도 한나가 사서인 걸 모르지만 한나는 사서로 살 것이다. 앞으로 또 어떤 직업을 갖게 될지 몰라도 비밀리에는 사서일 것이다.*

한나의 직업은 임상시험 책임자일까요, 사서일까요? 한나 님이 보기엔 어떠세요? 『피프티 피플』 속 한나를 보면서 그런 생각을 했어요. 직업이란 어떤 조건이나 자격을 뜻하는 게 아니라 그저 '하고 싶은 마음'인지도 모르겠다고. 아무도 자신이 사서인 걸 몰라도, 앞으로 어떤 직업을 갖게 될지 몰라도, 여전히 사서로 살고 있는 한나처럼요. 자신의 일에 애정을 갖고 고군분투하는 한나 님에게서, 저는 『피프티 피플』 속 한나의 모습을 보았어요. 자신이 누구보다 책을 아끼고 사랑하는 사서라는 것, 다른 사람은 몰라도 한나 님은 꼭 알아주셨으면 해요.

눈치채셨나요? 제가 왜 손님에게 『피프티 피플』의 한나를 소개하고 싶었는지. 사적인서점을 찾은 사서 선생님의 이름도 '한나'였거든요. 세상에 많고 많은 책 중에서 나와 똑같은 이름을 가진 주인공이, 똑같은 직업을 가지고, 비슷한 고민을 하며 살아가는 이야기가 담긴 책을 만날 확률이 얼마나 될까요? 처방전에 손님의 이름을 쓰면서, 저는 비로소 이 책이 있어야 할 곳에 도착한 느낌을 받았습니다. 『피프티 피플』을 처음 읽을 때만 해도 예상하지 못했고, 책을 쓴 작가조차도 의도하지 않았을 미지의 목적지에요.

그러고 보니 전에도 비슷한 경험을 한 적이 있습니다. 이 책의 '들어가는 말'에 등장했던 단골손님 조는 어느 날 키보드 수집이라는 새로운 취미에 빠져 있다고 했습니다. 이런 취미가 있다는 건 저도 처음 들어 보는 터라 궁금한 마음에 이것저것 질문을 던졌습니다. 키보드의 키캡과 키감과 타건음에 대해, 퇴근하고 집에 돌아와 키보드의 키캡을 하나하나 분리해 청소하는 일의 즐거움에 대해 오랜 수다를 떨고 헤어졌지요. 그러고 나서 며칠 뒤 평소처럼 책을 읽는데, 손님과 비슷한 취미를 가진 인물이 눈에 들어왔습니다. 『GV 빌런 고태경』의 승호였어요.

'GV 빌런'은 영화 상영 후 감독, 배우 등 영화 제작진과 관객이 직접 대화하는 GV(Guest Visit, 관객과의 대화) 시간에 불편한 질문이나 말을 하는 관객을 비꼬는 표현입니다. 정대건 작가의 장편소설 『GV 빌런 고태경』은 흥행에 실패한 독립영화감독 혜나가 GV 빌런으로 유명한 태경을 만난 뒤, 그가 주인공으로 등장하는 다큐멘터리를 만들기 시작하면서 벌어지는 이야기를 담고 있습니다. 자신의 작은 재능을 미워해 본 적 있는 사람이라면 곳곳에 밑줄을 그으며 읽게 되는 소설이지요.

책에는 영화를 품고 사는 여러 인물이 등장합니다. 혜나는 첫 장편영화를 처참하게 말아먹은 뒤 재기를 노리는 중이고, 누구보다 영화를 사랑했던 윤미는 마음처럼 되지 않는 상황에 환멸을 느낀 뒤 영화를 조롱하는 유튜버가 되었습니다. 또 다른 인물 승호는 대치동에서 논술 답안 첨삭을 하며 시나리오를 준비하고 있습니다. 혜

나에게 'GV 빌런 고태경'을 주제로 다큐멘터리를 찍어보면 어떻겠냐고 제안을 한 것도 승호이지요.

> "'돈도 못 버는 애가 무슨 키보드에 40만 원이나 써'라고 생각했지?"
> 나는 뜨끔했다. 승호가 내 표정을 읽더니 말을 이었다.
> "나도 그렇게 생각했어. 그거 나 이번 시나리오로 계약하면 사겠다고 다짐했던 꿈의 키보드였거든. 그런데 그냥 샀어." (……) "뭔가를 이루지 않고서 나한테 선물하기가 참 어렵더라. 나 시나리오 쓴다고 참 고생했거든. 아무도 몰라줘도 나라도 알아줘야겠더라고."**

눈을 반짝이며 키보드 이야기를 하는 승호에게서 자연스레 단골손님 조의 모습이 겹쳐 보였습니다. 일하는 나와 생활하는 나 사이에서 균형점을 찾고 싶다는 조에게, 지금처럼 사랑하는 것들을 통해 자기 자신을 지키려는 마음을 잃지 않았으면 좋겠다는 말과 함께 『GV 빌런 고태경』 속 승호의 이야기를 처방했습니다. 승호는 책에서 비중이 크지 않지만 자신이 사랑하는 걸 미워하는 게 아니라, 자신이 사랑하는 걸 더욱 사랑하는 방향으로 가려고 애쓰는 근사한 인물이거든요.

　다음달에 다시 만난 조는 한층 밝아진 얼굴로 나타나, 벚꽃 에디션으로 나온 분홍색 키보드를 저에게 건넸습니다. 책 처방에 대한 보답으로 키보드를 선물하고 싶다면서요. 덕분에 키캡을 두드릴 때마다 보글보글 소리가 나는 귀여운 키보드가 저에게도 생겼습니다.

　사적인서점에는 자신을 필요로 하는 곳에, 자신이 마땅히 있어야 할 자리에 다다르려고 기다리는 수많은 책이 있습니다. 제 손에 들어온 지 얼마 되지 않아 목적지를 찾아가는 녀석이 있는가 하면, 어떤 책은 짧게는 몇 달에서 길게는 몇 년을 기다리기도 하지요. 그러다 마침내 책이 제자리를 찾아가는 순간, 저는 생각합니다. 나는 바로 이 순간을 위해 책처방사가 되었구나, 하고요.

　그게 누구일지, 또 언제일지는 몰라도, 누군가의 인생에 제가 고른 책 한 권이 선물처럼 도착할 그 순간을 위해 저는 오늘도 책을 읽습니다.

* 정세랑, 『피프티 피플』(창비, 2016)
** 정대건, 『GV 빌런 고태경』(은행나무, 2020)

Q8

책처방사는 책을 얼마나 많이 읽나요?

→ 한 권을 열 권처럼 읽기

　　　　　"책을 얼마나 많이 읽길래 사람들에게 책 골라 주는 일을 직업으로 할 수 있을까?"

　　사적인서점이 소개된 기사에는 늘 이런 댓글이 달립니다. 인터뷰를 할 때마다 빠지지 않는 질문도 독서량에 관한 것이고요. 나이도, 직업도, 독서 취향도, 책 처방을 받고 싶은 이유도 제각각인 사람들에게 꼭 맞는 책을 처방하려면 독서량이 어마어마해야 할 거라고 생각하기 때문이겠지요. 열 명에게 책을 처방하려면 열 권의 책이 필요할 것 같지만 반드시 그렇지만은 않습니다. 처방법에 따라 한 권의 책도 각기 다른 방식으로 열 명에게 처방할 수 있기 때문입니다.

　미야시타 나쓰가 쓴 『양과 강철의 숲』이라는 소설이 있습니다. 수수께끼 같은 제목은 피아노를 의미합니다. 피아노의 가장 중요한 부품인 해머를 감싼 양모 펠트와 강철로 만든 현, 그리고 나무들로 이루어진 숲. 『양과 강철의 숲』은 피아노와 그 피아노로 음악을 자아내는 연주자, 그리고 그들을 지키는 조율사의 세계를 아름답게 그린 소설입니다. 저는 이 책을 각기 다른 방식으로 다섯 명의 손님에게 처방했습니다.

새로운 분야에 도전하려는 손님

해야 할 일도, 하고 싶은 일도 딱히 없던 열일곱 살 도무라는 고등학교 체육관에서 이타도리가 조율하는 피아노 소리를 듣고, 그 소리에 반해 피아노 조율사가 되기로 결심합니다. 조율사 육성 전문학교를 졸업한 후 운 좋게 이타도리가 근무하는 악기점 취직에 성공, 바라던 피아노 조율사가 되었지요. 문제는 지금부터입니다. 다양한 사연을 지닌 고객들을 만나 피아노를 조율하며 꾸준하고 정직하게 실력을 다듬어 가는 도무라에게도 재능의 문제는 때때로 좌절감으로 다가왔습니다. 그전까지 조율이라고 하면 에어컨을 떠올릴 정도로 피아노에 관심이 없었으니 당연히 피아노를 칠 줄도 몰랐고, 특별히 귀가 좋지도, 손끝이 여물지도, 음악적 소양이 뛰어나지도 않았거든요. 이타도리의 소리를 동경하며 여기까지 왔을 뿐, 재능이라고 할 만한 무언가를 타고나지 않은 셈입니다.

지금까지 해 오던 일을 그만두고 새로운 분야에 도전하려는 손님에게 『양과 강철의 숲』을 처방한 이유도 바로 그 때문입니다. 남들보다 늦은 시작과 비전공자라는 핸디캡 때문에 마음이 작아진 손님의 모습에서 자연스레 도무라가 생각났거든요. "힘내요", "할 수 있어요", "걱정하지 마세요"라는 말 대신 저는 이 책의 143쪽, 도무라와 그의 사수 야나기가 재능에 관해 이야기 나누는 장면을 옮겨 적어 손님에게 보냈습니다. 재능이 없다는 핑계로 도망치지 않겠다고, 재능이 부족하면 경험이나 훈련, 노력이나 끈기, 정열 같은 것들로 대신하겠다는 도무라의 이야기가, 무지막지하게 좋아하는 마음이야말로 재능인 것 같다는 야나기 선배의 이야기가 손님에게 힘이 되기를 바라면서요.

실수가 많아서 고민이라는 사회초년생 손님

바라던 회사에 취업해 좋아하는 일을 시작하게 되었다는 사회초년생 손님은 잔뜩 풀이 죽은 모습으로 사적인 서점을 찾았습니다. 잘 해내고 싶은 마음과는 다르게 자꾸만 실수를 반복해서 민폐가 되고 있다며 초조해하는 손님에게 이번엔 『양과 강철의 숲』의 142쪽과 249쪽, 신입 조율사 도무라에게 선배들이 건넨 각기 다른 두 가지 조언을 적어 보냈습니다. 지금은 많은 것을 흡수하는 중이니까 두려운 게 당연하다고. 두려우면 필사적이게 되니까, 온 힘을 다해 실력을 기를 테니까, 지금은 마음껏 두려워해도 괜찮다고. 대신 아무리 해도 완벽함에 도달하지는 못하니까, 어느 지점에서 과감히 결심하고 포기할 줄도 알아야 한다고요. 잘하고 싶은 마음에 무리하다 제풀에 지치지 않기를 바라는 마음을 꾹꾹 눌러 담아서요.

온라인 서점 고객센터에서 일하는 손님

새로운 책을 추천받고 싶어 종종 사적인서점을 찾는 손님에게 『양과 강철의 숲』을 처방한 데는 여러 이유가 있습니다. 우선 손님이 이전 상담에서 『여름은 오래 그곳에 남아』라는 일본소설을 재밌게 읽고 있다고 말한 것을 염두에 두었습니다. 『여름은 오래 그곳에 남아』가 건축 설계사무소의 여름 별장을 배경으로 노건축가와 그를 경외하며 뒤따르는 신입 건축가의 여름날을 담고 있다면, 『양과 강철의 숲』은 조율사 이타도리가 만들어 낸 피아노 소리에 매료된 도무라가 자신만의 이상적인 소리를 만들기 위해 성장해 나가는 이야기를 그리고 있으니까요. 건축과 피아노 조율 모두 의뢰인이 있다는 점이나, 눈에 보이지 않는 정서나 감각을 의뢰인에게 납득할 수 있는 구체적인 형태로 전달하려고 노력하는 직업이라는 점도 비슷하고요. 책을 펼치면 풀 냄새를 머금은 바람이 살랑살랑 불어오는 것 같다는 점도 두 소설의 닮은 점입니다.

결정적인 이유는 손님이 온라인 서점의 고객센터에서 일한다는 점입니다. 보통 피아노를 생각하면 피아니스트를 제일 먼저 떠올립니다. 그에 반해 피아노의 음정과 음색을 조정하고 관리하는 조율사는 매우 중요한 존재이지만 언제나 그렇듯 조력자라 쉽게 잊히지요. 책의 세계도 다르지 않습니다. 책의 판권면에는 이 책을 쓴 사람과 만든 사람의 이름이 들어가지만, 책을 제작하고

유통하고 판매하는 사람의 이름은 보이지 않으니까요. 손님의 일도 피아노 조율사와 비슷한 점이 많다는 생각이 들어서 이 책을 처방하고 싶었습니다.

좋은 선배가 되고 싶은 손님

직장에서 처음으로 사수 역할을 맡게 되어 도움이 될 만한 책을 읽고 싶다는 손님에게는 『양과 강철의 숲』을 도무라의 관점이 아닌 조율사 선배들의 관점에서 읽어 보라는 처방전을 드렸습니다. 도무라가 일하는 악기점에는 세 명의 조율사 선배가 있습니다. 먼저 도무라에게 피아노 조율이라는 새로운 세계를 열어 준 이타도리 씨. 한때 피아니스트를 목표로 했던 아키노 씨는 귀가 좋은 조율사입니다. 고객의 유형에 따라 조율하는 방식을 바꾸는 타입으로, 얼핏 시니컬해 보이지만 피아노에는 누구보다 진지한 사람이지요. 도무라의 사수라고도 할 수 있는 야나기 씨는 조율 기술도 훌륭하지만 뛰어난 말발로 고객들 사이에서 평판이 좋습니다. 고객이 구체적으로 어떤 소리를 원하는지 확인하려면 의사소통도 중요하니까요.

이렇게 개성 강한 선배 조율사들과 다양한 사연을

지닌 고객들, 그들의 피아노를 만나며 신입 조율사 도무라는 어떤 조율사가 되고 싶은지, 자신의 목표가 무엇인지 진지하게 고민합니다. 저마다의 방식으로 도무라를 가르치고 응원하는 선배들의 모습이, 좋은 사수가 되고 싶다는 손님에게도 유용한 힌트가 될 것 같았어요.

피아노 연주가 취미인 손님

마지막으로 피아노 연주가 취미인 손님에게는 조율사들이 손님의 의뢰를 받아 미션을 해결해 나가는 과정을 중심으로 이 책을 소개했습니다. 예를 들어 최대한 밝은 소리로 조정해도 더 밝게 조율해 달라는 요청이 들어올 때가 있는데, 그럴 때는 조율보다는 손가락에 힘을 주어 연주 방식을 바꾸는 게 효과적이라거나, 연주자에게 맞춰 의자 높이를 조정하면 건반이 훨씬 가벼워져서 소리가 밝아진 것처럼 들린다는 것. 적절한 의자 높이는 연주자의 키는 물론이고 몸을 사용하는 방식, 손목과 팔꿈치 각도에 따라 달라지기 때문에 조율사는 피아노뿐 아니라 연주 환경까지도 세심히 조정해야 하지요. 피아노 연주에 관한 상식과 더불어 조율사의 섬세한 조율 과정과 노력을 알게 되면, 손님도 피아노 연주를 한층 더 다채롭게 즐길 수 있을 겁니다.

이렇듯 같은 책도 어떤 관점으로 처방하느냐에 따라 여러 맥락으로 읽히기 때문에, 저는 최대한 많은 책을 읽으려고 욕심내기보다는 한 권을 읽더라도 다양한 관점으로 소화하려고 합니다. 문장 하나를 허투루 넘기지 않고, 소설이라면 스쳐 지나가는 조연의 특징까지도 세세히 살피지요. 책의 줄거리나 저자의 의도와는 전혀 다른 저만의 관점으로 책을 해석하기도 합니다. 책 한 권을 식재료에 비유하자면, 하나의 재료를 여러 가지로 요리하는 법을 연구하는 것과 같달까요. 생으로 먹고 볶아 먹고 쪄서 먹고 구워 먹고 삶아 먹고 튀겨 먹는 것까지 말입니다.

'일 년에 100권 읽기' 같은 성과 지향적인 목표를 권하지 않는 이유도 이 때문입니다. 속독 후에 남는 건 단순히 책을 읽었다는 사실뿐이니까요. 한 권의 책을 다양한 관점으로 읽으면 여러 권의 책을 읽은 것과 마찬가지의 효과를 낼 수 있습니다.

Q9

책은 어떻게 읽어야 좋을까요?

→ 책과 삶이 만나 일으키는
화학작용 관찰하기

첫 몽정(13세), 첫 섹스(23세),
첫 외과 수술(27세), 첫 검버섯(44세).

다니엘 페나크의 장편소설 『몸의 일기』는 제목 그
대로 한 남자가 10대부터 80대까지 평생에 걸쳐 자신의
몸을 관찰한 일기입니다. 우리가 일반적으로 생각하는
일기가 마음을 다루는 것이라면, 이 일기는 철저히 몸에
관한 이야기만을 기록합니다. 배설부터 성장통, 성性, 질
병, 노화, 죽음에 이르기까지 몸에서 일어날 수 있는 온
갖 종류의 상황이 가식이나 금기 없이 솔직하게 서술되
어 있지요.

소설 속 '나'의 아버지는 제1차 세계대전에 참전했다가 산송장이 되어 돌아왔습니다. 어머니는 아이를 낳아 남편에게 생의 활력을 되찾아 주려 했지만 남편의 병세는 오히려 악화될 뿐이었지요. 아버지가 죽어 가는 줄도 모르고 어린 나는 그를 흉내 내며 스스로 병든 아이가 되었습니다. 어머니는 그런 두 사람을 귀신이라 부르며 진저리쳤고요. 걱정이 되었던 아버지는 아들에게 살아갈 대책을 마련해 주고자 일찍부터 수준 높은 교양 교육을 시켰습니다. 그 결과 나는 정신적으로는 조숙했지만 몸은 성장하지 못한 불균형한 존재가 되었지요.

아버지가 세상을 떠난 뒤 그림자처럼 지내던 나는 어느 날 보이스카우트 활동을 하다 숲에 혼자 남겨지고, 개미 두 마리로 시작된 상상의 두려움 때문에 극한의 공포를 체험합니다. 그 후 집에 돌아온 나는 두려움을 느낄 때마다 몸이 보이는 반응을 하나하나 종이에 적습니다. 무서우면 오줌이 마렵고, 걱정거리가 있으면 울음이 나오고, 화가 나면 숨이 막히고, 창피하면 몸이 움츠러들고……. 이처럼 몸은 정신의 모든 것에 반응하는데, 어떻게 반응하게 될지 미리 알고 있었던 적은 한 번도 없었지요. 만약 몸이 느끼는 것, 혹은 정신이 몸에게 느끼게 하는 것을 하나도 빼놓지 않고 정확히 묘사한다면? 일기는 정신과 몸 사이에서 대사 역할을 하고 감각들의 통역관이 될 겁니다. 이것이 내가 평생에 걸쳐 '존재의 장치로서의 몸'에 대해 일기를 쓰게 된 배경입니다.

이 책을 읽기 시작하던 즈음, 저는 나이와 마음과 몸의 불균형으로 고생을 하고 있었습니다. 청년 대상으로 할인을 적용하는 KTX 특가 상품 '힘내라 청춘'도 이용할 수 없는 30대 중반, 하루가 다르게 체력은 떨어지는데 제 마음은 여전히 10대 소녀에 머무르고 있었거든요. 하루에도 몇 번씩 사소한 일에 울고 웃으며 날뛰는 마음을 감당하기에 제 몸은 너무 버거워 보였습니다.

『몸의 일기』는 저에게 내면이 아닌 외면에 집중하면서 몸과 마음의 균형을 맞춰 보라는 힌트를 주었습니다. 만약 내가 '불안하다'는 감정을 느낀다면 그 감정 자체에 빠져서 허우적거리지 말고, 무슨 일이 일어났기에 그런 감정을 느끼게 되었는지, 불안함을 느끼게 만든 사건과 그로 인한 내 몸의 반응을 추적해 보라고요. 우리는 안으로만 파고들다 길을 잃을 때가 많으니까요.

그러다 속초 동아서점의 김영건 대표가 쓴 『우리는 책의 파도에 몸을 맡긴 채』를 읽다 『몸의 일기』에 대한 새로운 해석을 발견했습니다. 어느 날엔가 딸아이와 목욕을 마치고 나온 영건 님은 별안간 결혼하기 전에 읽었던 이 책이 생각났다고 했어요. 다시 읽은 『몸의 일기』는 철저히 딸을 키우는 아빠의 관점에서 재구성되었습니다. 아빠이자 남성이며 30년가량의 세대라는 간격을 앞선 자신의 자리에 대해 따져 묻는 방식으로요. 소설 속 내가 평생 몰래 써 온 이 일기장은, 세상을 떠나기 전 그가 딸에게 남긴 선물이기도 하거든요.

책은 그것을 읽는 이의 삶과 만나 화학작용을 일으킵니다. 나이, 성별, 직업, 삶의 배경, 관심사, 욕구, 고민에 따라 책은 수십수백 가지 방식으로 다시 쓰이지요. 몸과 마음의 불균형으로 고민하는 30대 중반의 여성이 읽은 『몸의 일기』와 여섯 살짜리 딸을 키우며 둘 사이에 놓인 '성'性이라는 간극을 고민하는 30대 중반의 아빠가 읽은 『몸의 일기』는 같은 책일까요, 다른 책일까요? 우리는 틀림없이 같은 책을 읽었지만, 각자의 방식으로 전혀 다른 책을 읽은 것이기도 합니다.

책처방사는 많은 책을 읽으려고 욕심내기보다 한 권을 읽더라도 다양한 방식으로 소화하려고 노력한다는 말을 했지요. 책을 다채롭게 읽기 위한 방법은 생각보다 간단합니다. 나와 다른 성향, 나와 다른 취향, 나와 다른 환경, 나와 다른 생각을 하는 사람들이 같은 책을 어떻게 읽었는지, 그들만의 고유한 독법과 해석을 들여다보는 겁니다.

앞서 주인공이 무려 51명이나 되는 특이한 소설 『피프티 피플』에 등장하는 '김한나'를 소개했습니다. 김한나는 이 책에서 제가 가장 좋아하는 인물이자 저와 가장 닮은 인물이기도 합니다. 그런데 저와 함께 사적인서점을 운영하는 동생 지수는 『피프티 피플』의 최애 인물로 '양혜련'을 꼽습니다.

혜련은 8년 차 캐디입니다. 혜련에게는 이름을 외워 두고 예약자 명단에 그 이름이 뜨면 얼른 라운딩을 맡을 정도로 좋아하는 손님이 있습니다. 어느 정도 규모의 사업을 굴리는지 몰라도 모두 깍듯하게 사장님이라 부르는 50대 초반의 여자분으로, 호탕하게 잘 웃는 데다가 매너가 좋고, 스코어에 집착하지 않으며, 무엇보다 스몰토크를 하지 않는 사람이지요. 혜련은 자신의 직업이 말하는 게 제일 피곤하다는 것을 알고 나름의 방식으로 배려해 주는 손님에게 인간적인 호감을 느낍니다.

그러던 어느 날, 자신이 좋아하는 손님에게 뭐라도

해 주고 싶은 마음에 오버를 하다 혜련은 사고로 병원에 입원을 하게 되고, 다 망했다 싶은 찰나에 손님은 혜련에게 스카우트 제안을 건넵니다. 중국에서 사업을 확장하고 있는데 믿을 만한 매니저가 필요하다고, 자신과 일해 볼 생각은 없냐면서요. 의외의 전개에 당황한 혜련은 중국어를 한마디도 못할뿐더러 매니저 비슷한 일은 해 본 적도 없다며 거절하려 하지만, 중국어는 기초만 하면 되고 업무는 매뉴얼을 보고 파악하면 된다는 손님의 호쾌한 설득에 끝내 제안을 받아들이기로 하지요.

> 호감. 가벼운 호감으로부터 얼마나 많은 일들이 시작되는지. 좋아해서 지키고 싶었던 거리감을 한꺼번에 무너뜨리고 나서 스스로를 한심하게 여겼는데, 어쩌면 더 좋은 기회가 온 것인지도 몰랐다.*

지수는 책과 거리가 먼 인생을 살아왔습니다. 대학에선 상경계열을 전공했고 졸업 후 회계사 시험과 세무공무원 시험을 오랫동안 준비했거든요. 지수도 저도 나중에 우리가 함께 서점에서 일하게 될 거라고는 상상조차 해 본 적이 없었지요. 사적인서점 시즌 1을 끝내고 군산에서 지낼 때 여러 사정이 겹쳐 지수에게 두어 달 동안만 제 일을 도와 달라고 부탁했습니다. 약속한 날짜가 지나고 손님이 혜련에게 그랬던 것처럼 제가 지수에게 스카우트 제안을 했어요. 이대로 서울에서 저와 함께 일해 보지 않겠냐고요.

스물아홉이라는 어리다고만은 할 수 없는 나이, 한 번도 생각해 본 적 없던 낯선 일을 제안받고 망설이던 바로 그때, 지수에게 『피프티 피플』의 혜련이 눈에 들어왔다고 해요. 손님에 대한 가벼운 호감으로 새로운 제안을 받아들인 혜련처럼, 어쩌면 자신도 이 막연한 호감에 기대 새로운 일을 시작해 봐도 좋지 않을까 하는 생각이 들었다고요. 다른 누구도 아닌 지수의 삶이 『피프티 피플』과 닿아 만들어 낸 특별한 화학작용인 셈입니다.

저와 지수는 『피프티 피플』에서 각각 다른 인물을 눈여겨보았지만, 같은 인물을 서로 다른 이유로 좋아하는 경우도 있습니다. 평택시립배다리도서관에서 강연을 하면서 『피프티 피플』을 읽고 가장 마음에 와닿는 인물과 그 이유를 알려 달라고 과제를 낸 적이 있습니다. 두 명의 독자가 같은 대목을 언급하며 '송수정'을 골랐어요. 결혼을 앞두고 엄마의 암이 재발되어, 결혼식을 가장한 근사한 장례식을 치르는 모녀의 사연이 뭉클하게 다가오는 인물이지요.

누군가 한복 칭찬을 한 모양인지 고전무용을 하듯 한쪽 손을 멋들어지게 들고 그 자리에서 장난스럽게 한 바퀴 도는 수정의 어머니. 그 모습을 지켜보면서 수정은 자기도 모르게 울컥하고 맙니다. 나중에 이날을 떠올릴 때 엄마가 사락사락 도는 저 모습이 기억날 것 같아서요.

딸을 출산하고 난 뒤 이따금씩 죽음에 대해 생각했다. 생명과 죽음은 떼려야 뗄 수 없는 것임을 어느 순간 깨달았다. 내가 언젠가 죽고 나면 남은 딸은 어떡하지? 이런 생각을 자연스레 하게 됐다. 그리고 나중에 그때가 온다면 딸에게 나의 죽음이 그저 슬픔만은 아니기를 바란다. 송수정의 엄마처럼 뻔뻔하고 당차게 죽음을 맞이한다면. 이렇게 유쾌하게 정면으로 바라보는 죽음이라면. 사락사락 핑크색 한복처럼 가뿐하고 고울 수도 있을 것 같다. 나의 딸도 수정처럼 "하지만 나쁘지 않잖아" 하는 마음이길. 기쁨과 슬픔과 우스움과 비장함이 절반씩 뒤엉킨 마음을 남기고 죽을 수 있다면, 그것도 나쁘지 않을 것 같다. (유가영 님)

누구에게나 부모의 존재는 소중하다. 더군다나 얼마 남지 않은 부모와의 시간은 자식들에게 많은 생각을 가져다준다. 수정 또한 시한부를 선고받은 어머니를 보며 만감이 교차했을 것이다. 뭐라도 못해 드릴까? 나에게는 친부모님도 계시지만 미국 유학 시절 5년을 붙어 지낸 제2의 부모님이 계신다. 어쩌면 매우 특이한 관계다. 친자식도 아닌데 나를 마치 아들처럼 생각하고 많이 도와주신 사장님. 물론 서로가 잘 지내려고 노력하지 않았다면 불가능한 일이었다. 이제 한국에 돌아온 지 3년이 다 되어 간다. 내가 한국으로 돌아가던 날, 갑자기 말도 없이 공항으로 찾아오셔서 뒤를 돌아보라는 전화와 함께 사장님이 서 계셨다. 그리고 나를 보자마자 펑펑 우셨다. 우리는 게이트 유리벽을 사이에 두고 서로 손을 흔들며 다음을 기약했다. 수정은 어머니가 한복을 입고서 한 바퀴 돌며 내는 사락사락 소리를 평생 잊지 못할 거라고 한다. 나는 사장님이 세상을 떠나면 우리가 캔자스시티 공항에서 나눴던 마지막 인사가 기억이 날 것 같다. 그날 게이트를 나가서 우시는 사장님을 한 번 안아 드릴걸 하는 후회를 평생 가지고 살 것 같다. 언젠가 사장님이 한국을 오시면 만나게 되겠지

만 2019년 그때의 그 순간은 평생 다시 돌아갈 수가 없으니까. (전진명 님)

두 사람 모두 수정의 어머니가 한복을 입고 한 바퀴 도는 장면에서 마음이 뭉클했다고 말하고 있습니다. 하지만 한 사람은 수정이 아닌 수정의 어머니의 마음에 공감을 하고, 다른 한 사람은 제2의 부모님처럼 생각하는 사장님과의 이별 장면을 떠올리지요.

여러분은 『피프티 피플』을 읽으셨나요? 『피프티 피플』에 등장하는 수많은 등장인물 중 여러분의 마음을 사로잡은 이는 누구인가요? 여러분의 고유한 삶과 『피프티 피플』이 만나 일으킨 놀라운 화학작용이 궁금합니다.

* 정세랑, 『피프티 피플』(창비, 2016)

Q10

책은 깨끗이 다뤄야
할 것 같아요

→ 흔적을 남기며 여러 번 읽기

연필이 없으면 책을 읽지 못하는 고약한 버릇이 있습니다. 손으로 허공에 음을 짚으면서 불러야 노래를 잘 부를 수 있다는 어느 발라드 가수처럼, 마음에 드는 문장에 밑줄을 그으면서 읽지 않으면 책을 읽어도 읽은 것 같지가 않달까요. 이걸 고약한 버릇이라 부르는 이유는, 절대 책을 빌려 읽을 수 없는 관계로 책 팔아서 번 돈을 다시 책을 사는 데 쓰고 있기 때문입니다. 가끔은 내가 읽을 책을 싸게 사려고 서점을 하고 있는 게 아닌가 싶을 정도예요.

밑줄뿐만이 아닙니다. 저는 책에 이런저런 메모(라

고 쓰고 낙서라고 읽습니다)도 많이 합니다. 책을 읽다가 웃기면 옆에 "ㅋㅋㅋ"라고 쓰고, 슬픈 내용엔 "ㅠㅠ" 우는 표시를, 화가 나는 장면에는 욕도 씁니다. 『산책을 듣는 시간』의 "산책학과가 있었다면 한민은 전국 수석 입학했을 텐데."라는 문장 옆에는 "나도♡"라고 썼고, 『소설 만세』의 "나는 엄마가 갖고 있는 내 책『선릉 산책』을 펼쳐「사라지는 것들」을 찾아 검정 펜으로 제목을 꼼꼼하게 지운 뒤 엄마가 좋아할 만한 새로운 제목을 썼다."라는 문장 뒤에는 "새로운 제목이 뭘까?"라는 메모를, 또 "그때의 소설은 나라는 액체 속에 푹 담가 꺼낸 탕후루 같은 것이었다." 옆에는 "어떻게 이런 표현을!"이라는 메모를 남겨 두었네요.

영어에 원급과 비교급, 최상급 표현이 있는 것처럼 제가 긋는 밑줄에도 원급과 비교급, 최상급을 나타내는 방법이 있습니다. 원급이 그냥 밑줄이라면 비교급에는 플래그 스티커가 추가로 붙습니다. 밑줄 친 부분 중에서도 다시 한번 봐야 할 부분이라는 표시지요. 밑줄로도 모자라다 싶을 땐 그 위에 물결선을 한 번 더 긋기도 하고, 마음에 새겨 두고 싶을 만큼 좋은 내용이다 싶으면 여백에 그 구절을 따라 쓰기도 합니다. 눈으로 읽고 손으로 쓰면서 한 번 더 각인하는 거예요. 최상급은 여기에 별표까지 붙습니다. 저자가 내 마음에 들어갔다 나와서 쓴 게 아닐까 싶을 정도로 격하게 공감이 되거나 전기가 찌르르 통한 것 같은 충격을 느꼈을 때 밑줄 그은 문장 옆에 별표를 칩니다. (별표도 감도에 따라 한 개, 세 개, 다섯 개로 나뉩니다. 별표 다섯 개가 나온 책들이 인생책 목록에 들어갑니다.)

　　모두가 저처럼 책을 읽지 않는다는 사실은, 아니 실은 이렇게 흔적을 남기며 책을 읽는 사람이 드물다는 걸 서점을 열고 나서 알았습니다. 사적인서점에는 제가 밑줄을 긋고 메모하며 읽은 책들이 견본으로 비치되어 있습니다. 서점에서 책을 고를 때, 사람들은 앞부분만 잠깐 읽어 보고 이 책을 살지 말지 판단합니다. 온라인 서점에서 미리보기를 제공하는 것도 첫 장부터지요. 하지만 시작부터 책의 하이라이트가 등장하는 경우는 많지 않잖아요. 제가 먼저 읽은 책에는 하이라이트마다 플래그가 붙어 있으니 이것을 지도 삼아 책을 살펴보라는 의미에서 제 책을 서점에 가져다 둔 거지요. 그런데 제 책을 본 손님들의 반응이 심상치 않았습니다. 다들 책은 깨끗이 봐야 한다고 생각해서 밑줄은커녕 페이지 끝을 접지도 않는다고 하더라고요. 책 처방 프로그램을 진행할 때도 비슷한 반응이 많았습니다. 상담 후 즉석에서 책을 처방할 때 제 책을 꺼내 손님에게 보여 주며 왜 이 책을 골랐는지 설명하는데, 각종 밑줄과 메모와 별표로 난리가 난 책을 보고 화들짝 놀라는 분들이 많았거든요. 재밌는 점은 손님들이 새 책보다 제 손때 묻은 책을 더 갖고 싶어 한다는 겁니다. 여기에 왜 밑줄을 그었는지 궁금해서 더 읽고 싶다나요. (☺)

밑줄을 그으며 책을 읽는 습관은 몰입도를 높이는 데도 도움이 되지만, 시간이 지나 같은 책을 다시 읽을 때 진가를 발휘합니다. 『좀머 씨 이야기』는 한 소년의 눈에 비친 이웃 사람 좀머 씨의 수수께끼 같은 인생을 그린 소설입니다. 저는 『좀머 씨 이야기』를 두 권 가지고 있는데, 하나는 원래 하얀색이었지만 손때가 묻어 얼룩덜룩해진 구판이고, 다른 하나는 우아한 녹색 패브릭 양장본으로 새로 나온 개정판입니다. 열린책들 출판사에서 리뉴얼한 파트리크 쥐스킨트 시리즈가 너무 아름다워 이미 갖고 있던 책을 한 권 더 산 것이지요. 같은 출판사에서 나온 같은 작가의 같은 작품을 같은 번역으로 두 권이나 갖게 되는 일은 드물어서, 개정판을 다 읽고 나니 예전에 읽었던 구판과 나란히 놓고 밑줄 그은 곳을 비교하면 나름의 재미가 있겠다 싶더라고요.

몇 년이 지나 다시 읽은 『좀머 씨 이야기』는 익숙하면서도 낯설었습니다. 바로 이런 장면 때문이었어요. 갑자기 돌풍이 휘젓고 우박이 떨어지던 날, 소년의 가족들은 차를 타고 가다 우연히 좀머 씨와 마주칩니다. 소년의 아버지는 선의를 베풀어 좀머 씨를 차에 태워 주겠다고 하지만 좀머 씨는 아무런 반응을 보이지 않지요.

「그러다가 죽겠어요!」

그 말에 아저씨가 우뚝 섰다. (……) 아저씨는 오른손에 쥐고 있던 호두나무 지팡이를 왼손으로 바꿔 쥐고는 우리 쪽을 쳐다보고 아주 고집스러우면서도 절망적인 몸짓으로 지팡이를 여러 번 땅에 내리치면서 크고 분명한 어조로 이렇게 말했다.

「그러니 제발 나를 좀 그냥 놔두시오!」

그 말뿐 더 이상은 아무 말도 하지 않았다. 단지 그 말뿐이었다.*

처음 이 책을 읽었을 땐 자신을 제발 그냥 놔두라는

좀머 씨의 말이 꽤나 충격으로 다가왔습니다. 나름의 선의를 베풀었다가 거절당한 소년의 아버지가 꼭 저 같았거든요. 저는 외로움을 많이 타는 성격이라 속상한 일이 생기면 마음을 털어놓고 기댈 곳이 필요했습니다. 그리고 내가 그런 것처럼 상대방도 당연히 같은 방식의 위로를 바라겠거니 생각했지요.

대학 시절 가장 친했던 친구 진은 저와 정반대의 성향을 가지고 있었습니다. 속상한 일이 생길 때마다 저는 제일 먼저 진을 찾았는데, 진은 자신에게 힘든 일이 생기면 아무 말없이 연락을 끊고 얼마간 잠수를 탔습니다. 서운하다 말도 해 보고 어르고 달래도 보았지만 친구는 끝끝내 저에게 기대지 않았어요. 혼자서 감정을 정리한 뒤 아무 일도 없었다는 듯 다시 연락을 해 올 뿐이었지요.

『좀머 씨 이야기』를 다시 읽으면서 저는 '선의'라는 이름 아래 숨겨져 있던 속마음을 발견했습니다. '진은 혼자 외롭지 않을까?', '마음을 나눌 곳이 없어서 힘들지 않을까?' 저는 그게 친구를 걱정하는 마음이라 여겼는데 이제 와서 생각해 보니 제가 걱정했던 건 친구가 아니라 한쪽으로 기운 나의 애정이었더라고요. '왜 나한테 기대지 않지?', '내가 믿을 만한 사람이 못 되나?' 저는 그게 못내 서운했던 거예요.

전에 읽을 땐 누가 목을 조르는 것처럼 숨이 턱 막혔는데, 지금은 아무렇지 않게 지나치게 된 구절도 있습니다.

언제나 나는 뭔가를 해야 된다는 강요를 받았고, 지시를 받았으며, 기대를 저버리지 말아야만 했다. (……) 항상 압박감과 조바심에 시달렸고 언제나 시간이 부족했고 무슨 일이든 항상 끝마쳐야 되는 시간이 미리 정해져 있었다.*

뭐가 그렇게 바빴는지 휘날리듯 그은 밑줄에서, 사적인서점을 열고 얼마 지나지 않아 해야 할 일들에 둘러싸여 헉헉대던 그 시절의 제가 보이는 것 같더라고요. 구판으로 한 독서와 개정판으로 새로 한 독서 사이에는 2년 정도의 시차가 있었습니다. 번아웃으로 사적인서점 시즌 1을 종료하고 군산에서 잠시 쉬어 가고 있던 시기에 『좀머 씨 이야기』를 다시 읽어서인지, 전에는 그냥 지나쳤지만 이번에 새롭게 눈에 들어온 부분도 있습니다.

잔소리를 하는 엄마도, 심부름을 시키는 형들도 없는 탁 트인 나무 위에서, 소년이 누구의 방해도 받지 않은 채 비밀스럽고 고요한 시간을 보내는 장면이에요.

이 대목을 읽는데 번뜩 떠오르는 곳이 있었습니다. 군산에서 지내는 동안 마음이 답답하거나 울고 싶어질 때마다 찾아가던 저만의 비밀 장소. 군산서초등학교에서 수시탑 방향으로 올라가면 사람들이 잘 드나들지 않는 길 끝에 등 뒤로는 푸르른 숲이, 눈앞에는 고요한 바다가 펼쳐지는 근사한 장소가 있습니다. 나무 그네에 앉아 서해 바다 너머로 해가 기우는 모습을 바라보고 있으면 제가 지나치게 걱정하고 슬퍼하는 모든 것들이 하찮게 느껴졌어요. 시원하게 울고 나서 나무 그네에 앉아 바람을 맞으면 마음의 묵은 때가 씻겨 내려가는 것 같았습니다. 힘들 땐 언제나 손을 뻗어 누군가를 찾던 저는 그곳에서 처음으로 고독의 위로를 배웠어요.

『좀머 씨 이야기』를 다시 읽으며 곰곰 생각해 보니 과거의 나는 내가 친구의 유일한 기댈 곳이길 바랐던 것 같아요. 내가 너를 필요로 하는 것처럼 너도 나를 필요로 해 주었으면, 하고요. 그런데 지금은 제가 아니어도 좋으니 친구에게도 마음을 기댈 수 있는 장소가 있으면 좋겠다 바라게 되더라고요. 살다 보면 언젠가 우리에게도 좀머 씨가 되고 싶은 날이 있을 테니까요.

과거에 내가 남긴 흔적이 있는 책을 2년의 시차를 두고 다시 읽는 경험은 새로운 깨달음을 주었습니다. 예전에 힘주어 밑줄을 그었던 구절이 지금은 아무렇지도 않게 느껴지고, 이런 내용이 있었나 싶었던 게 새삼 눈에 들어오거나, 전에는 무슨 뜻인지 몰랐던 내용이 뒤늦게 이해되기도 했어요. 이런 과정을 통해 책은 그대로인데 그것을 해석하고 받아들이는 내가 달라진 걸 눈으로 확인할 수 있었습니다.

저에게는 이 과정이 마음의 성장을 확인하는 일처럼 느껴졌습니다. 몸의 변화는 몸무게나 키를 잴 수도 있고 사진이나 동영상을 통해 확인할 수도 있지만, 형태가 없는 마음의 변화는 물리적으로 확인할 수 있는 방법이 없잖아요.

좋아하는 책이 있다면 몇 년의 시차를 두고 한 번 더 읽기를 권합니다. 소설가 히라노 게이치로가 『책을 읽는 방법』에서 이야기한 것처럼, 감상은 한 번으로 그치는 것이 아니라 살아 있는 한 몇 번이고 갱신되는 것이니까요. 몇 년 주기로 꺼내 읽으며 나와 함께 나이 들어갈

반려책을 만드는 것도 좋은 방법입니다. 처음 읽을 땐 검정색, 다시 읽을 땐 파란색, 세 번째로 읽을 땐 빨간색, 이런 식으로 펜 색깔을 바꿔 가며 읽어 보세요. 책에 남긴 흔적 그 자체가 여러분 인생의 나이테가 될 거예요.

* 파트리크 쥐스킨트·유혜자 옮김, 『좀머 씨 이야기』(열린책들, 2020)

3장

책처방사는 책을 읽고
나서 무얼 할까?

Q11

책처방사는 읽은 책을
어떻게 정리하나요?

→ 읽은 책 요약 및 분석하기

심심해서 TV 채널을 이리저리 돌리다 우연히 영화 『월드워Z』가 방영 중인 것을 보았습니다. 예전에 영화관에서 재미있게 본 기억이 나서 리모컨을 내려놓고 집중하는데 어째 내용이 하나도 기억나지 않더라고요. 영화관에서 함께 보았던 짝꿍에게 "이 다음에 어떻게 됐더라?" 하고 물었더니 어이없다는 표정으로 고개를 절레절레 저었습니다. 이런 적이 한두 번이 아니었거든요.

영화나 드라마보다 책은 상대적으로 잘 기억하는 편입니다. 모든 내용을 세세히 기억하는 건 아니지만,

인상 깊었던 구절이나 장면 정도는 마치 책을 보고 있는 것처럼 설명할 수 있지요. 똑같이 이야기를 다루는 매체인데, 영화나 드라마는 쉽게 잊어버리면서 책은 그렇지 않은 이유가 뭘까요? 아마도 영화나 드라마를 보고 나서는 "좋았다" 혹은 "별로였다" 정도의 간단한 감상으로 끝내는 데 반해, 책은 나름의 방법으로 정리하고 소화하는 과정을 거치기 때문인 것 같습니다.

독서를 크게 책을 고르는 행위, 읽는 행위, 정리하는 행위 이렇게 세 단계로 나눈다면 지금부터는 마지막 단계에 해당하는 책을 읽은 다음 제가 하는 일에 대해 이야기해 보겠습니다.

재독하면서 요약하기

저는 되도록 모든 책을 두 번씩 읽으려고 합니다. 처음 읽을 때 학창 시절에 교과서나 참고서를 공부할 때처럼 연필로 밑줄을 그으면서 시간을 들여 꼼꼼히 읽고, 기억하고 싶은 부분에 플래그 스티커를 붙입니다. 이렇게 한 번 완독한 후 하루이틀 안에 밑줄 그은 부분 위주로 빠르게 한 번 더 읽는 거예요. 재독할 때 책의 핵심만 체에 거른다는 느낌으로 형광펜을 사용해 다시 밑줄을 긋습니다. 과정을 요약하면 이렇습니다.

1차 독서 (준비물: 연필, 플래그 스티커)
— 시간을 들여 꼼꼼히 읽으면서 필요한 부분에 1차 밑줄을 긋습니다. 밑줄 그은 부분이 나에게 준 영향이나 중요도에 따라 밑줄 옆에 별표도 표시합니다.
— 1차 밑줄은 인상 깊은 구절, 문학적으로 기발하거나 아름다운 표현, 책의 내용을 이해하거나 설명하는 데 필요한 정보를 모두 포함합니다.
— 책에서 꼭 기억하고 싶은 부분에 플래그 스티커를 붙입니다.

2차 독서 (준비물: 형광펜)
— 1차 밑줄 그은 부분만 다시 읽으면서 형광펜으로 2차 밑줄을 긋습니다.
— 2차 밑줄은 책을 나만의 기준으로 요약한다는 생각으로 긋습니다.

이 독서법은 비교적 최근에 자리 잡았습니다. 책처방사로 일하기 전에는 내 마음에 와닿는 문장, 문학적으로 기발하거나 아름다운 표현에만 드물게 밑줄을 그었다면, 책 처방을 시작한 뒤로는 나는 아니지만 다른 누군가에게 도움이 될 만한 문장, 책의 내용을 요약하거나 설명할 때 참고할 부분에도 표시를 하다 보니 전체적으로 밑줄 그은 부분이 늘어날 수밖에 없더라고요. 원래 밑줄로서 기능하던 부분과 책 설명을 위해 필요한 정보를 구분 짓는 게 좋겠다는 생각이 들었고, 이를 위해 형광펜으로 밑줄을 긋는 과정이 추가되었습니다.

1차 독서에 비해 2차 독서는 밑줄 그은 부분을 복습하듯 다시 한 번 읽는 것이기에 시간이 많이 걸리지 않을뿐더러, 이 과정을 통해 책의 내용을 한 번 더 각인할 수 있어 좋습니다. 시간이 지나 기억이 희미해졌을 때 형광펜으로 밑줄 친 부분만 빠르게 다시 읽으면 기억을 복구하는 데도 도움이 되고요.

손님에게 처방할 책을 고를 땐 플래그 스티커가 붙은 부분 위주로 살펴봅니다. 처음엔 책에서 밑줄 그은 부분들을 타이핑해서 데이터로 옮겨 놓고 검색으로 그때그때 필요한 책을 찾았는데, 점점 밑줄 긋는 양이 많아지다 보니 옮겨 적는 데도 너무 많은 시간과 품이 들어서 이 작업을 생략하게 되었습니다. 대신 키워드 형태로 데이터를 입력해서 책을 정리한 뒤, 그때그때 플래그 스티커가 붙은 부분을 찾아보는 방식으로 바꾸었지요. 책 처방을 할 때 주로 플래그 스티커가 붙은 부분을 활용해서 소개하고 편지를 쓰다 보니, 여러 번 처방한 책들은 내용을 거의 외우다시피 한답니다. 반복 학습의 효과랄까요.

키워드 분석하기

1차, 2차 독서를 하면서 병행하는 작업이 있습니다. 바로 키워드 분석입니다. 저는 책을 읽으면서 떠오르는 키워드를 맨 앞 면지에 자유롭게 적어 둡니다. 책의 전체 맥락과는 상관없이 한두 페이지만 나오고 마는 내용이라도 빠짐없이 적습니다. 제가 각별히 아끼는 에세이 『읽는 삶, 만드는 삶』을 예로 들어 볼까요. (제 인생의 좌우명인 "사람은 역사에 길이 남을 훌륭한 일을 위해서가 아니라 마음을 흔들었던 아름다운 기억 하나와 성실하게 보낸 하루하루 덕분에 산다"라는 문장을 이 책에서 수집했습니다.)

　　저자 이현주는 오랜 시간 편집자로, 또 그보다 더 오래 독자로 살아온 사람입니다. 책 속에는 그런 그가 읽고 만든 책과 삶이 얽혀 빚어낸 이야기가 담겨 있어요. 『읽는 삶, 만드는 삶』을 생각할 때 누구나 쉽게 떠올릴 수 있는 대표 키워드는 '책', '독서', '문학', '편집자'일 것입니다. 저는 여기에 '취향', '결핍', '열등감', '직업(론)'이라는 세부 키워드를 추가했는데, 그중에서 '취향'이라는 키워드를 붙이게 된 배경을 살펴보겠습니다.

자신을 '뜨내기 촌년'이라 표현하는 저자는, 어린 시절 피아노 학원과 미술 학원을 다니고 극장을 드나들며 라디오를 듣던 도시 친구들로 인해 좌절감을 느꼈다고 고백합니다. 그러다 우연히 얻게 된 책 한 권이 그를 새로운 세계로 인도해 주었는데, 팝송을 소개하는 라디오 프로그램에서 10주년을 기념해 엮은 『팝 PM 2:00』입니다. 저자는 이 책을 통해 도시 아이들이 직접적으로 경험하고 알았던 것을 간접적으로나마 배울 수 있었다고 하지요. 이 경험 덕에 저자는 책을 좋아하는 사람이 되었습니다. 이 에피소드가 소개된 「팝 PM 2:00」 꼭지에는 취향과 관련된 대목이 여러 번 등장해요.

취향은 그 분야에서 어느 정도 소비를 해야 비로소 생겨난다. 어떤 것에 끌리는 경향이야 타고날 수 있지만 세밀한 취향은 절대 소비량을 바탕으로 만들어진다.

취향은 자본주의적이고, 개인과 도시의 탄생과 밀접하게 연관되어 있다.*

아주 어릴 때부터 세련된 취향을 단련해 온 사람들을 보면 부러웠다. 자기 취향에 따라 입장과 호오가 분명한 사람들을 보면 존경스러웠다. 재기발랄하고 분명한 취향을 가진 사람들을 만나면 위축되었다. 다른 사람이 다 칭찬하는 것을 보고 내가 아무것도 느끼지 못할까 봐, 내가 느낀 것을 다른 사람들이 비웃을까 봐 두려웠다. (……) 책을 만들면서 이 열등감은 좋은 쪽으로 작용했다. 잘 모르는 것에 관대했고, 다양한 취향에 포용하는 태도를 취할 수 있었다. 섣불리 호오를 정하지 않았다. 윤리적인 판단을 제외하고 절대 안 되는 건 없었다. 잘 모르니까 이것도 재미있고 저것도 재미있었다.*

「고요한 돈 강」이라는 꼭지에서는 저자가 1990년대 초 대학을 다니며 사회적 억압과 검열 속에서 자신의 취향과 관심을 만들어 나가는 이야기가 등장합니다. 그때는 아직 좋아하는 소설이라는 게 없어 막연한 의무감에 읽은 책도 있고 교양을 쌓으려 기를 쓰고 읽은 책도 있었지요. 개인의 취향이라는 말이 없던 때였으니 이게 좋고 재미있다는 자신의 감각을 확신할 수 없었고, 그래서 아직 충분히 경험해 보지 않은 것에 마음을 열어 둘 수 있었다고요.「고요한 돈 강」의 마지막 문단은 다음과 같습니다.

그럼에도 여전히 낯선 것에 도전해 보려는 용기, 재미없는 것을 좀 더 견뎌 보는 노력, 잘 모르는 것을 이해해 보려는 안간힘을 포기하지 않으려 한다. '재판관'의 마음이 아니라 '탐구자'의 마음으로. 잘 몰라서 그렇지 좋아하게 될지도 모르잖아? 세상에는 내가 모르는 좋은 것이 아직 많을지도 모르잖아?*

앞의 두 인용문처럼 '취향'이라는 단어가 직접적으로 등장하지는 않지만, '취향의 확장'이라는 키워드에 꼭 들어맞는 내용이라 할 수 있지요. 이처럼 책의 한두 꼭지에만 짤막하게 등장하는 내용이라고 하더라도 연결 고리를 만들어서 '취향'이라는 세부 키워드를 달아 놓으면, 가난한 취향으로 고민하는 손님에게 위의 인용문을 근거로『읽는 삶, 만드는 삶』을 처방할 수 있습니다.

책을 다 읽으면 면지에 쓴 메모와 밑줄 그은 부분을 중심으로 데이터를 정리합니다. 책을 구성하는 요소를 모조리 기록해 두는 겁니다.

— 분야
— 저자 정보: 이름 / 성별 / 나이 / 직업 / 국적 / 저서
— 주인공 정보 (소설일 경우)
— 출판사, 역자, 디자이너, 일러스트레이터 정보
— 장정 특이사항
— 키워드
— 관련 도서

앞에서 에세이로 예를 들었으니 이번엔 소설로 설명할게요. 서유미 작가의 『우리가 잃어버린 것』은 결혼과 출산 후 익숙한 세계에서 새로운 세계로 넘어가는 경계에 선 여성이 직장, 가족, 친구 사이에서 느끼는 불안한 내면을 섬세하게 그린 경장편소설입니다. 저는 이 책의 데이터를 이렇게 정리했습니다.

『우리가 잃어버린 것』(현대문학, 2020)

— 분야: 한국소설, 장편소설(경장편)

— 저자 정보: 서유미 / 여 / 1975년생 / 소설가 / 한국(서울 출생)

— 저서: 소설집 『당분간 인간』(창비, 2012), 『모두가 헤어지는 하루』(창비, 2018), 『이 밤은 괜찮아, 내일은 모르겠지만』(민음사, 2021) / 중편소설 『틈』(은행나무, 2015) / 장편소설 『쿨하게 한걸음』(창비, 2008), 『끝의 시작』(민음사, 2015), 『홀딩, 턴』(위즈덤하우스, 2018) / 에세이 『한 몸의 시간』(위즈덤하우스, 2020)

— 주인공 정보: 노경주 / 여 / 37세 결혼, 현재 41세, 아기 엄마 / 육아휴직 후 퇴사, 현재 재취업 준비 중(홍보마케팅)

— 표지 그림: 박민준

— 장정 특이사항: 현대문학 핀 시리즈

— 대표 키워드: 경력 단절(경단녀) / 결혼, 임신, 출산, 육아, 양육 / 워킹맘, 전업주부 / 미혼, 비혼, 기혼

— 세부 키워드: 관계 / 친구 / 이해, 오해 / 소외감, 외로움 / 자격지심, 열등감 / 변화

— 관련 도서: 『붕대 감기』(작가정신, 2020), 『19호실로 가다』(문예출판사, 2018), 『우리의 정류장과 필사의 밤』

(작가정신, 2020)

임신과 출산을 경험하며 경주는 인생의 새로운 구간에 접어듭니다. 그 과정에서 받아들이기 힘들고 또 통제할 수도 없는 자신의 변화에 당황스러워하지요. 그러면서 한편으로는 엄마라는 낯선 역할을 통해 과거의 자신이라면 이해할 수 없었던 사람들을 이해하게 되고, 삶의 의외성 또한 받아들이게 되었습니다. 저는 이 책을 읽으며 변화는 다양한 모습으로 찾아온다는 걸 느꼈어요. 세부 키워드에 '변화'를 넣은 것은 이런 맥락 때문입니다.

이렇게 읽은 책에 대한 나만의 데이터를 정리하는 것만으로도 책에 대한 대략적인 내용과 감상, 해석이 어느 정도 갈무리됩니다. 그리고 이 데이터는 처방책을 선정할 때 유용하게 쓰이지요. 손님과 대화한 후 떠오르는 키워드를 데이터베이스에서 검색하고, 결과에 나온 책들이 처방책 후보가 됩니다. 사실 이렇게 정리하는 과정에서 키워드가 각인되기 때문에, 검색 없이도 관련 책이 자연스레 떠오르곤 해요.

* 이현주, 『읽는 삶, 만드는 삶』(유유, 2017)

Q12

나만의 큐레이션은
어떻게 하나요?

→ 나만의 키워드 활용하기

      책을 읽고 정리한 데이터베이스는 다양한 방식으로 활용할 수 있습니다. 먼저 이 데이터를 통해 자신의 독서 취향을 한눈에 파악할 수 있어요. 내가 주로 어떤 분야의 책을 많이 읽었는지, 남성 저자와 여성 저자, 국내 작가와 해외 작가 중 누구를 더 선호하는지, 외서 중에서는 어떤 언어로 쓰인 책이 많은지 살펴보고, 반대로 손이 덜 갔던 책도 찾아보세요. 숫자는 거짓말을 하지 않으니까요.

    자주 등장하는 키워드는 어떤 것이 있는지 체크하는 것도 흥미로운 작업입니다. 앞서 책을 읽으면서 떠오르는 키워드를 면지에 자유롭게 적는다고 했지요. 책의 전체 맥락과는 상관없이 한두 페이지만 나오고 마는 내용이라도 인상 깊은 대목이라면 관련 키워드를 적어 둔다고요. 그러다 보면 『우리가 잃어버린 것』에서 정리한 것처럼 '경력 단절'이나 '워킹맘'처럼 세상에 존재하는 단어들로 이뤄진 익숙한 키워드도 있지만, 반대로 어디서도 본 적 없는 키워드가 튀어나오기도 합니다. 저에게는 '투표적 소비'라는 키워드가 그렇습니다.

투표적 소비란 자신이 공감하는 것이나 가치관을 넓혀 주는 것에 돈을 쓰는 행위를 의미합니다. 좋아하니까, 좋았으니까 돈으로 1표를 행사하는 거예요. 최소한의 비용으로 최대의 이익을 얻고자 하는 합리적 소비와는 대조적인 개념이지요. 이 표현을 처음 접한 건 『무인양품은 왜 싸지도 않은데 잘 팔리는가』라는 책에서였습니다. 당시 저는 땡스북스에서 일하며 쉬는 날마다 개성 있는 작은 가게들을 찾아다니곤 했는데, 책에서 투표적 소비라는 표현을 발견하고 나라는 사람을 설명할 수 있는 구체적인 언어를 가지게 되어 기뻤습니다.

그리고 2년쯤 지나 사적인서점을 열고 얼마 지나지 않았을 때, 미국의 새로운 생활 혁명을 취재한 책 『힙한 생활 혁명』을 읽다가 기시감을 느꼈습니다. 대량생산 대량소비 사회에서 지역생산 지역소비로 바뀌고 있는 새로운 흐름에 대한 이야기가, 이전에 책에서 읽었던 투표적 소비를 떠올리게 했거든요.

당시 저는 딜레마를 느끼고 있었습니다. 사적인 서점에 없는 책을 주문하고 택배로 받겠다고 한 손님이 있었는데, 온라인 서점에서 주문하는 편이 나을 거라며 돌려보낸 일 때문이었습니다. 손님 입장에서 생각해 보면 똑같은 책을 사는데 4, 5천 원가량의 비용을 추가로 내야 하는 데다 배송도 며칠 더 걸리고 여러모로 비합리적이라는 생각이 들었거든요. 온라인 서점의 10퍼센트 할인 혜택과 5퍼센트 적립, 당일 배송, 배송비 무료 혜택 때문이었지요. 손님이 책을 사겠다고 하는데도 책방 주인이 안 된다고 거절하는 상황이라니.

그때 불현듯 이런 생각이 들었습니다. 손님이 최소한의 금전 지불로 최대의 이익을 얻는 합리적 소비가 아닌, 자신의 가치관을 넓히거나 공감하는 데 돈을 쓰는 투표적 소비를 하는 거라면? 내가 미안함이나 불편함을 느낄 필요도 없지 않을까?

그 뒤로도 책을 읽다 여기저기서 투표적 소비가 등

장하는 페이지를 발견했습니다. 금정연과 김중혁, 두 작가의 서점 기행을 담은 책 『탐방서점』에서 "같은 물건을 사도 돈을 어디서 쓰는지에 대한 나의 의식적인 선택이, 내가 무엇을 지지하고 내 삶을 어떻게 꾸리느냐에 대한 하나의 실천이라고 말하더군요"라고 말하는 대목이라든지, 교토의 아름다운 서점 케이분샤에서 점장으로 오래 일하다 지금은 자신의 서점을 꾸린 호리베 아쓰시가 자신의 책 『거리를 바꾸는 작은 가게』에서 대상의 가치를 싼지, 비싼지로 판단하는 '아마추어'와 달리 '프로'는 스스로 가치를 정하는 법이라고, 손님에게 프로의 미의식이 없으면 서점이건 술집이건 개인 점포는 모조리 문을 닫게 될 거라고 언급하는 대목. 직접적으로 투표적 소비라는 단어는 등장하지 않았지만 모두 같은 맥락의 이야기였지요.

이렇게 투표적 소비라는 키워드로 수집하는 도서 목록이 늘어나면서 저는 조금 더 많은 자리에서, 조금 더 자신 있게 투표적 소비에 관해 말할 수 있게 되었습니다. 작은 가게들은 돈으로 경쟁할 수 없지만 운영자의 개성으로 차별화된 서비스를 제공할 수 있다고, 독립 서점의 큐레이션이 마음에 들었다면 투표적 소비로 책방 운영자의 노동을 존중하고 지지해 달라고요. 세상에는 그렇게 해야만 만날 수 있는 것들이 있으니까요.

투표적 소비처럼 관심을 가지고 수집하고 있는 저만의 또 다른 키워드는 '특별한 헌사'입니다. 책의 시작에 "이 책을 누구누구에게 바칩니다" 하고 적혀 있는 바로 그 헌사이지요. 사실 그동안은 헌사를 보아도 크게 감흥이 없었습니다. 저자 개인의 만족을 위해 한 페이지를 할애했구나, 하는 정도랄까요. 그런데 저의 이런 심드렁한 마음을 단번에 뒤바꾼 책이 있습니다. 20세기 영국 문학을 대표하는 작가 E. M. 포스터의 유작 『모리스』입니다.

1913년에 시작해서 1914년에 마침.
더 행복한 날들에 바친다.*

1910년 이후 포스터는 슬럼프에 빠져 좀처럼 새 작품을 쓰지 못했고, 더 이상 글을 못 쓸지도 모른다는 회의감과 두려움에 빠져 있었습니다. 그러다 1913년 새로운 소설에 대한 영감을 얻은 뒤, 스스로 이렇게 쓴 작품이 없었다고 말할 만큼 단숨에 『모리스』를 완성했어요. 하지만 포스터는 집필 당시에도 그 후에도 이 소설을 출판할 수 있을 거라 생각하지 않았습니다. 당시 보수적인 영국 사회에서 법적으로 금지되던 동성애를 다루었고, 그것이 자전적인 이야기였던 까닭이지요. 포스터가『모리스』를 완성한 건 1914년이지만, 책은 그가 죽은 그다음 해인 1971년에서야 세상의 빛을 보게 되었습니다. 무려 57년의 시간이 필요했던 거예요. '옮긴이의 말'에서 이 책의 숨겨진 비밀을 알고 나니 고작 두 줄밖에 안 되는 짧은 헌사가 그 어떤 문학 작품보다 뭉클하게 다가왔습니다. 제 데이터베이스에 처음으로 '특별한 헌사'라는 키워드가 생긴 날이었지요.

> 김상순 엄마, 정태화 아빠께
> 아무리 해도 로또가 되지 않는 건
> 이미 엄마 아빠 딸로 태어났기 때문일 거예요.**

다음으로 수집한 책은 정세랑 작가의 소설『지구에서 한아뿐』입니다. 이토록 희귀하고 아름다운 사랑 고백이라니. 헌사 때문에 책이 좋아진 두 번째 경험이었습니다. 그리고 한동안 '특별한 헌사' 컬렉션은 업데이트되지 않은 채 방치되어 있었습니다. 지금까지 수없이 많은 책을 읽어 왔는데 그중에서 달랑 두 권을 건졌을 뿐이니, 아름다운 헌사가 쓰인 책을 만나기란 얼마나 드문 일인지요. 그런데 얼마 전 의외의 책에서 새로운 헌사를 발견했습니다.

우리는 흔히 건강한 노년을 위해 꾸준히 운동하고, 식습관을 관리하고, 영양제를 챙겨 먹어야 한다고 생각합니다. 『건강하게 나이 든다는 것』을 쓴 마르타 자라스카 역시 케일 주스를 마시고, 윗몸일으키기를 하며 건강을 관리해 왔지요. 그런데 언론 매체에 건강과 심리에 관한 기사를 쓰려고 연구 논문을 들이파고 과학자들과 이야기를 나누며 탐사하다 보니, 새로운 이야기가 모습을 드러내기 시작했습니다. 그건 케일 주스와 윗몸일으키기가 자신의 생각만큼 건강에 중요하지 않다는 사실이었어요. 건강을 위해 가장 공들여야 하는 건 식습관과 운동이 아니라 '사회적 관계'였지요.

저자는 자신이 새롭게 발견한 건강한 나이 듦의 조건을 장장 400페이지에 걸쳐 과학적 데이터로 증명해 냅니다. 연구에 따르면 운동은 사망 위험도를 23~33퍼센트까지 낮춥니다. 하루에 채소와 과일을 6인분 이상 먹으면 사망 위험도를 대략 26퍼센트까지 낮출 수 있고요. 하지만 더욱더 놀라운 사실은 가족 및 친구와 튼튼한 지원망을 형성하면 사망 위험도가 약 45퍼센트까지 낮아진다는 겁니다. 성실한 성격은 조기 사망 가능성을 44퍼센트까지 줄이지요. 그리고 이 책의 헌사는 이러합니다.

엘리와 마치에크를 위하여
두 사람은 내 수명을 몇 년 더 늘려 줬다***

그냥 봤을 땐 평범한 것 같지만 책의 내용을 이해하고 읽으면 마음을 저릿하게 만드는 아름다운 헌사이지요. 『모리스』나 『지구에서 한아뿐』 같은 문학 작품이 아니라, 과학 저널리스트가 쓴 책에서 이렇게 낭만적인 헌사를 발견할 줄이야!

앞으로 저의 컬렉션은 어떤 책들로 채워질까요. 앞서 소개한 '투표적 소비'와 '특별한 헌사' 두 컬렉션은 대한민국 어느 서점에서도 볼 수 없는, 오직 사적인서점만의 단독 큐레이션입니다. 검색으로도 찾을 수 없는 귀하디귀한 정보이고요. 저는 앞으로도 이렇게 저만의 키워드 컬렉션을 늘려 나갈 생각입니다.

* E. M. 포스터·고정아 옮김, 『모리스』(열린책들, 2019)
** 정세랑, 『지구에서 한아뿐』(난다, 2019)
*** 마르타 자라스카·김영선 옮김, 『건강하게 나이 든다는 것』(어크로스, 2020)

Q13

특별한 서가 정리법이 있나요?

→ 서가 프로듀스 101으로 정리하기

데이터베이스 정리를 마쳤다면 이제 서가에 책을 꽂을 차례입니다. 여러분은 서가 정리를 어떻게 하고 있나요? 내용에 따라 분야별 혹은 주제별로 모아 두거나, 제목이나 저자 이름 순으로 나열하는 경우가 가장 보편적인 방법일 겁니다. 같은 출판사에서 나온 책끼리 모으는 사람도 있을 테고요. 내용과 상관없이 책의 크기나 색깔에 따라 보기 좋게 꽂는 경우도 있지요.

제가 추천하고 싶은 방법은 이 중 어디에도 해당하지 않는 '서가 프로듀스 101'입니다. 어디서 들어 본 이름 같다고요? 맞습니다. 엠넷의 오디션 프로그램『프로듀스 101』에서 따온 이름입니다. 아이돌 그룹 결성을 위해 101명의 연습생들이 경쟁하고, 시청자의 투표로 최종 멤버가 선정되는 프로그램이지요. '서가 프로듀스 101'은 책을 읽고 나서 서가에 꽂을 때, 좋았던 순서대로 순위를 매겨 책을 정리하는 방법입니다.

이 방법은 소설가 김연수의 서가 정리법에서 영감을 받았습니다.『소설가의 일』에 따르면, 김연수 작가는 자신의 서가를 읽은 소설과 읽은 비소설, 그리고 아직 읽지 않은 책들로 나눈다고 해요. 여기서 주목할 점은 책을 꽂는 순서입니다. 읽은 책들을 자신이 보기에 좋은 순서대로 꽂는데, 제일 좋은 책이 맨 앞에, 뒤로 갈수록 그 다음으로 좋았던 책들이 자리 잡는 방식인 거지요. 그는 이렇게 평생에 걸쳐 소설 365권과 비소설 365권을 선정하고, 일흔 살이 지나면 매일 한 권의 소설과 한 권의 비소설을 읽으며 지내겠다는 노후 계획을 세웠습니다.

김연수 작가는 소설과 비소설 각각 365권씩 총 730권의 책을 기준으로 삼았지만, 이 숫자는 각자의 상황이나 필요에 따라 자유롭게 바꿀 수 있습니다. 예를 들어 200권의 책을 꽂을 수 있는 책장이 있다면 '서가 프로듀스 200'이 될 것이고, 이제 막 독서의 재미에 빠진 분이라면 가볍게 '서가 프로듀스 10'으로 시작해도 좋겠지요.

목표 숫자를 정했다면 이제부터 책을 읽은 다음 순위를 매기고 책이 들어갈 위치를 고민합니다. 이 책의 어떤 점이 좋았고 이런저런 영향을 받았으니 6위를 주겠다, 혹은 13위를 주겠다, 하는 식으로요. 순위를 매기다 보면 자연스레 책에 대한 감상이 정리되고, 더불어 새로운 책의 등장으로 영향을 받게 될 앞뒤 책들을 살피면서 전에 읽은 책의 내용도 되새길 수 있습니다.

서가에 자리가 부족해 중고 서점에 책을 팔아 본 적, 다들 한 번쯤은 있을 거예요. 중고 서점에 보유 재고가 넘치거나 분야 특성상 수요가 적어 매입가가 천 원으로 책정되면, '이 책을 천 원에 팔 바에야 그냥 내가 갖고 말지' 싶어서 팔지도 못하고 애물단지가 된 경험도요. (저만 그런 건가요.) 책은 취향을 타는 물건이라 다른 사람에게 나눠 주기도 애매하고요. 이렇게 아까워서 버리지 못하는 책이 있는가 하면, 언젠가 필요할지도 모른다는 생각에 먼지만 쌓이는 채로 갖고 있는 책도 있습니다. 서가의 자리는 한정되어 있기에 새로 들여온 만큼 내보내는 책도 있어야 하는데, 정리하는 속도가 사는 속도를 따라잡기란 쉽지 않지요.

'서가 프로듀스 101'은 이런 난감한 상황에도 유용합니다. 이번에 새로 읽은 책이 7위에 들어가게 된다면 마지막 101위로 있던 책은 102위로 밀려나게 되겠죠? 순위 밖으로 밀려난 책은 깔끔하게 정리하는 겁니다. '서가 프로듀스 101'도 앞서 소개한 '3분의 1 독서법'처럼 흔들리지 않는 나만의 기준을 세우는 데 의미가 있으니까요. 명확한 기준이 있기 때문에 내가 정말 좋아하는 책, 아끼는 책만 서가에 남길 수 있지요.

제가 즐겨 듣는 플레이리스트 유튜버 장세훈(@sehooninseoul)의 첫 책 『취향이 없는 당신에게, 세훈으로부터』에는 좋아하는 음악을 찾아 취향을 넓혀 가는 스무 가지 방법이 담겨 있습니다. 여기서 '음악'을 '책'으로 바꿔 읽으면, 자신만의 독서 취향을 만들어 나가고 싶은 이들에게도 좋은 힌트가 되지요. 저는 그중에서도 「잘 버리기」에 소개된 내용이 인상적이었습니다.

결국 버리는 것은 '정제'입니다. 좋게 들었던 곡을 목록에 담고, 구매한 레코드를 한없이 위로 쌓는 것만으로 플레이리스트가 만들어지는 것은 아닙니다. 그렇게 하면 바벨탑이 될 뿐입니다. 취향의 리스트업을 만들 때도 열심히 찾아 모으는 것만큼 버리는 것이 중요하다고 생각합니다. 그래야 남은 취향이 더욱 소중해지고, 그것을 기준 삼아 다음에 더할 곡이 정해집니다. 배에 태울 동료를 신중히 고르듯이.*

서가를 정리할 때도 같은 마음가짐이 필요합니다. 책에 대한 감상은 살아 있는 한 계속해서 바뀌기에, 내가 읽은 책들이 모여 있는 서가 또한 함께 변화해 나가야 합니다. '서가 프로듀스 101'은 정리의 기준을 세워 좋아하는 책으로 서가를 채우고, 의미가 없어진 책은 떠나보낼 수 있도록 도와주지요. 이렇게 뾰족한 관점으로 서가를 다듬다 보면, 그 자체로 잘 벼려진 나만의 큐레이션이 될 거예요.

* 장세훈, 『취향이 없는 당신에게, 세훈으로부터』(빌리버튼, 2024)

Q14

독서 경험을 넓히고 싶어요

→ 페어링으로 맥락 만들기

  편집자를 그만두고 서점에서 막 일을 시작했을 때, 제가 교과서처럼 여긴 책이 있습니다. 일본 서점원들의 이야기를 담은 이시바시 다케후미의 『서점은 죽지 않는다』인데요. 서점에 놓인 책 한 권 한 권이 어쩌다가 옆에 있게 된 것이 아니라 서점원 나름의 의도와 맥락에 따라 유기적으로 연결되어 있다는 사실을, 저는 이 책을 통해 배웠습니다. 그 뒤로 서점에 입고된 책을 서가에 꽂거나 매대에 진열할 때 단권으로만 생각하지 않고 이 책 옆에 어떤 책을 놓을 것인가, 어떤 흐름으로 책을 소개할 것인가를 함께 고민하게 되었지요.

사적인서점 서가에는 질병과 회복에 대해 이야기하는 책이 많습니다. 『아픈 몸을 살다』, 『우연의 질병, 필연의 죽음』, 『다시 내가 되는 길에서』, 『엉망인 채 완전한 축제』, 『아무튼, 반려병』이 꽂혀 있고 그 옆으로 『그 얼굴을 오래 바라보았다』, 『만 년 동안 살았던 아이』, 『어머니를 돌보다』, 『작별 인사는 아직이에요』처럼 아픈 가족을 간병하며 쓴 책들이 있습니다. 아픈 사람과 돌보는 사람의 이야기는 떼려야 뗄 수 없으니까요. (일반적으로 사람들의 시선은 왼쪽에서 오른쪽으로 이동하기 때문에, 서가 진열도 왼쪽을 시작점으로 잡고 연출합니다.) 그리고 늙은 부모를 간병하는 내용이 담긴 책을 징검다리 삼아서 자연스럽게 죽음에 관한 주제로 넘어갑니다. 『사랑을 담아』, 『어떻게 지내요』, 『어떻게 죽을 것인가』, 『죽음을 배우는 시간』, 『나의 장례식에 어서 오세요』 옆에는 자연스럽게 『애도 일기』, 『잃었지만 잊지 않은 것들』, 『슬픔의 위안』, 『엄청나게 시끄럽고 믿을 수 없게 가까운』처럼 사랑하는 사람을 잃은 상실감에 관해 이야기하는 책들이 놓여 있지요.

질병 → 돌봄 → 노년 → 죽음 → 상실. 이 다섯 가지 키워드가 칼로 무 자르듯 반듯하게 분류되어 있는 것이 아니라 징검다리가 되는 책들을 통해 자연스럽게 연결되고 확장되는 거예요. 이런 식으로 책 한 권만 놓여 있을 땐 알 수 없지만 그 옆에 다른 책이 놓이면서 자연스럽게 맥락이라는 것이 생깁니다. 독자는 서가에 진열된 책들을 따라가며 자연스럽게 관심 주제를 확장할 수 있지요.

새내기 서점원이었을 때 이러한 맥락 진열법을 연습하려고 시도했던 방법이 있습니다. 중심이 되는 책을 하나 정해 놓고 그 옆에 어떤 책을 놓을지 생각하면서 다양한 맥락을 만들어 보는 건데요. 저는 이걸 '페어링 연습'이라고 부릅니다. 페어링pairing은 두 가지를 조화롭게 어울리도록 짝지어 사용하는 것을 뜻합니다. 주로 특정 음식과 음료를 함께 즐길 때 사용하지요. 최적의 조합을 찾아 음식의 맛을 극대화하는 것처럼, 책과 책의 페어링은 독서 경험을 더욱 입체적이고 풍성하게 만들어 줍니다. 비슷하거나 관련된 주제를 다루는 책을 연결할 수도 있고, 같은 시간과 공간을 배경으로 하는 책을 연결하거나, 서로 다른 장르의 책을 연결해서 독서의 폭을 넓힐 수도 있지요. 앞에서 『양과 강철의 숲』과 함께 언급한 적 있는 마쓰이에 마사시의 장편소설 『여름은 오래 그곳에 남아』를 예로 들어 볼게요.

건축으로 페어링

제일 먼저 떠오르는 것은 '건축'이라는 키워드입니다. 이 소설은 건축학과를 갓 졸업한 신입 사카니시가 존경하는 건축가 무라이 선생과 국립현대도서관 설계 경합을 준비하며 가루이자와에 있는 숲속 별장에서 함께 보낸 여름날을 그리고 있습니다. 무라이 선생의 실제 모델은 일본 현대 건축사에 한 획을 그은 요시무라 준조고, 그를 따르는 주인공 사카니시의 모델은 요시무라 준조의 제자 나카무라 요시후미라고 하지요. (이 인연으로 나카무라 요시후미가 소설가 마쓰이에 마사시의 집을 설계해 주었다고 합니다.)

나카무라 요시후미의 책은 국내에도 여러 권 소개되어 있지만, 저는 그중에서도 홋카이도의 작은 시골 빵집 주인과 함께 쓴 책『건축가, 빵집에서 온 편지를 받다』를 가장 좋아합니다. 건축가와 건축주가 편지를 주고받으며 집을 지어 가는 과정이 진솔하고 따뜻하게 담긴 책이지요. 두 책을 나란히 놓고 읽으면 어려운 용어나 복잡한 설계 도면 없이도 삶을 통해 건축을 보다 깊이 이해할 수 있어요.

여름으로 페어링

다음으로 떠오르는 건 소설의 시간적 배경인 '여름'입니다. 안희연 시인의 시집 『여름 언덕에서 배운 것』이나 백수린 소설가의 단편소설집 『여름의 빌라』처럼 제목에 여름이 들어가는 책을 연결해도 괜찮겠지만, 그건 너무 두루뭉술하니까 좀 더 뾰족하게 파고들어 보기로 합니다.

『여름은 오래 그곳에 남아』는 신입 건축가였던 사카니시가 29년 후 다시 여름 별장 앞에서 지난 시간을 회상하는 내용으로 끝을 맺습니다. 그렇다면 델핀 페레의 그림책 『세상에서 가장 아름다운 여름』과 페어링해 보는 건 어떨까요? 어느 여름날, 아이는 엄마와 여행을 떠납니다. 지금은 곁에 없지만 할아버지의 흔적이 곳곳에 남아 있는 시골집에서, 아이는 엄마의 어린 시절에 초대된 듯 아늑한 시간을 보내고 돌아오지요. 두 책 모두 여름의 한가운데를 통과하고 있다는 느낌보다는 이미 지나가 버린 여름날의 추억을 회상하는 분위기가 닮아 있습니다. 『여름은 오래 그곳에 남아』가 세밀화 같은 섬세한 문장으로 여름날을 묘사한다면, 『세상에서 가장 아름다운 여름』은 수채화와 흑백 드로잉을 통해 여름의 풍경을 보여 주기도 하고요. '우리가 지나온 여름'이라는 맥락으로 두 책을 소개하면 좋을 것 같아요.

숲으로 페어링

이번엔 소설의 공간적 배경인 '숲'에 주목해 보겠습니다. 『여름은 오래 그곳에 남아』는 아사마 산 자락의 여름 별장을 배경으로 합니다. 묘사가 어찌나 섬세하고 생생한지 책을 펼치면 비가 그친 숲의 흙냄새가 나고 페이지를 넘기면 지저귀는 새소리가 배경음악처럼 들려오는 것같지요. 피아노를 숲에 비유한 소설 『양과 강철의 숲』과도 잘 어울리지만, 장르를 바꿔 소설과 만화를 붙여 보는 것도 좋을 것 같네요.

마스다 미리의 만화책 『주말엔 숲으로』는 서른다섯의 프리랜서 번역가 하야카와가 시골로 내려가 흘러가는 대로 살아가는 모습을 담은 책입니다. 도쿄에서 팍팍한 삶을 살아 내고 있는 친구들은 주말마다 하야카와의 집으로 놀러가 숨을 고르고 돌아오지요. 『여름은 오래 그곳에 남아』는 도쿄에서 일하던 건축 설계사무소 직원들이 여름마다 숲속 별장에서 보내는 이야기를 담고 있으니까, 숲이라는 공통점 외에도 마음을 환기시키는 일상 밖의 장소라는 공통점으로도 두 책을 묶을 수 있겠네요.

○○으로 페어링

이번엔 퀴즈를 내겠습니다. 『여름은 오래 그곳에 남아』 옆에 『모스크바의 신사』가 놓여 있습니다. 이 두 책은 어떤 맥락으로 페어링된 것일까요? 장편소설이란 공통점 외에는 딱히 연결고리가 보이지 않는데요.

『모스크바의 신사』의 배경은 볼셰비키 혁명이 끝난 1922년 격동의 모스크바입니다. 로스토프 백작은 간신히 목숨을 건졌지만, 그의 거처인 메트로폴 호텔 밖으로 평생 나갈 수 없고 이를 어길 경우 총살형에 처한다는 '종신연금형'을 선고받고 모든 특혜를 몰수당합니다. 스위트룸에서 허름한 하인용 다락방으로 거처를 옮긴 로스토프 백작에게 메트로폴 호텔은 단순히 감옥이라고만 할 수는 없었습니다. 호텔은 백작의 세련되고 고상한 취향과 자상하고 긍정적인 성격을 지킬 수 있는 피난처이자 모험과 만남의 장소, 사랑과 우정을 키워 나가는 좋은 집이기도 했어요. 로스토프 백작은 그곳에서 꼬마 숙녀 니나의 둘도 없는 친구가 되고, 유명 배우의 비밀 연인이자 공산당 간부의 비밀 개인 교사가 되었다가, 나중에는 호텔 레스토랑에서 웨이터로 일하기까지 했으니까요. 30년 동안 호텔이라는 감옥에서 옥살이를 해야 했던 사람치고는 우아하고 풍요로운 삶을 산 셈이지요.

이제 감이 오시나요? 정답은 '책으로 떠나는 여행'입니다. 비행기 티케팅도 숙소 예약도 필요 없이 책장만 넘기면 가루이자와의 여름 별장으로, 모스크바의 메트로폴 호텔로 떠날 수 있으니까요.

책을 너무 좋아하는 보통 사람들의 서재 탐방기 『책이 좀 많습니다』를 읽다가 페어링 연습과 비슷한 방식으로 책을 정리한다는 내용을 보고 반가웠던 적이 있습니다. 가끔은 마음이 움직이는 대로 재미있게 책 정리를 할 때도 있다면서 보들레르의 시집 『악의 꽃』 옆에 김소월의 『진달래꽃』을 둔 것을 예시로 든 건데요. 두 책을 읽을 때 느낌은 완전히 다르지만 꽃과 꽃이라서 그렇게 해 보았다고, 그냥 옆에 나란히 두고 본다는 것 자체가 재밌다고요. 이렇듯 다양한 방식으로 두 권의 책을 연결하다 보면 그 과정에서 생각지도 못했던 관점과 맥락이 생기기도 한답니다.

한 권의 책을 입체적으로 해석하고 감상하고 싶다면 페어링 훈련을 해 보세요. 기왕이면 혼자 하는 것보다 같은 책을 두고 친구나 동료, 가족들과 함께하기를 추천합니다. 사람마다 책에서 흥미나 관심을 두는 주제가 모두 다르니까요. '한 권의 책이 이렇게 다양하게 뻗어 나갈 수 있단 말이야?' 하고 놀라게 될 거예요.

Q15

리뷰 쓰기가 어려워요

→ 문장에서 출발하는 감상 쓰기

책을 읽고 든 생각이나 감상을 글로 남기면 좋다는 걸 모르는 사람은 없을 겁니다. 다만 실천으로 옮기는 게 쉽지 않을 뿐이지요. 한때 저도 책을 읽고 남는 게 하나도 없는 것 같아서 책 한 권을 완독하면 블로그에 리뷰를 올릴 때까지 다음 책을 읽지 않겠다는 다짐을 한 적이 있었는데요. 덕분에 몇 달 동안 아예 책을 못 읽었습니다.(☺)

리뷰를 쓰는 게 왜 어려운가 하면 제대로 된 글을 써야 한다는 부담감 때문입니다. 책의 핵심을 요약하고 장단점을 분석해 기승전결이 갖춰진 글을 써야 할 것 같은 데, 우리는 자신의 생각과 감정을 구체적인 언어로 표현하는 법을 배운 적도, 연습한 적도 없으니까요. 새하얀 빈 문서를 앞에 두고 이 넓은 공간을 어떻게 채워야 할지 막막하기만 합니다. 책뿐만 아니라 영화나 드라마를 보고 나서 다른 사람들이 남긴 평점이나 리뷰를 찾아본 경험이 있을 겁니다. 내가 제대로 본 걸까? 내가 이해한 게 맞는 걸까? 의심쩍은 마음에 다른 사람의 감상을 찾아보다가 자신의 감상 또한 덩달아 바뀐 경험도 있을 테고요. 특히 요즘은 평점이나 별점으로 뭉뚱그려 정리하는 버릇이 들다 보니 '좋았다' 혹은 '별로였다' 말고는 나의 생각이나 감정을 설명할 언어가 부족한 것 같습니다.

어떤 일이 너무 어렵거나 부담스러워서 실행에 옮기기 어려울 땐 일단 작게 쪼개면 됩니다. 제가 추천하는 방법은 감상의 대상을 '책'이 아니라 '문장' 단위로 작게 쪼개는 것입니다. 내가 읽은 책의 전체적인 감상이 아니라 책을 읽고 인상 깊었던 일부분에 대해서만 감상을 남기는 거지요. 왜 이 문장이 인상 깊었는지 댓글을 남기듯이 이유를 쓰면 됩니다.

장류진 작가의 데뷔작 『일의 기쁨과 슬픔』에 실린 마지막 단편 「탐페레 공항」을 읽고 제가 남긴 감상을 예로 들어 보겠습니다. 제가 이 책을 읽은 건 2020년 봄입니다. 요리사로 일하던 짝꿍 윤이 직장을 그만두고 타투이스트의 길로 접어든 지 3년이 되어 가던 무렵이지요.

미대에 진학하고 싶었던 윤은 집안 사정 때문에 꿈을 포기하고 스무 살 때부터 이런저런 일을 하며 가족의 생계를 책임져 왔습니다. 그런 그가 서른을 훌쩍 넘겨 타투이스트가 되고 싶다고 말했을 때 저는 기쁜 마음으로 응원했습니다. 사적인서점을 열면서 제가 윤에게서 받은 응원을 돌려주고 싶었거든요. 윤은 얼마간 기간을 정해 놓고 그 안에 타투이스트로서 자리를 잡지 못하면 다시 취직을 하겠다고 했습니다. 약속된 시간은 빠르게 지나갔어요. 어떤 일을 새롭게 시작했는데 1, 2년 안에 결과가 나오는 게 되레 이상한 일인 것 같았습니다. 조금만, 조금만 더 해 보자 하는 사이 어느새 3년이 지나 있었습니다.

윤은 타투이스트로 한 해 한 해 성장하고 있었지만 이 일로 생계를 유지하기엔 턱없이 부족했습니다. 언제쯤이면 먹고살 만해진다는 보장도 없었고요. 시간이 지날수록 윤도 저도 점점 지쳐 갔습니다. 돈 때문에 자주 다퉜고, 윤을 응원하는 마음은 현실 앞에서 자주 무너졌습니다. 『일의 기쁨과 슬픔』이 제게 닿은 것도 그 즈음입니다.

책에 실린 마지막 단편 「탐페레 공항」에 등장하는 '나'의 꿈은 다큐멘터리 피디입니다. 이력서에 쓸 스펙을 만들려고 아일랜드 더블린으로 워킹홀리데이를 가는 길에 잠시 경유한 핀란드의 탐페레 공항에서, 나는 한 노인과 짧지만 멋진 인연을 맺습니다. 학교를 졸업하면 무슨 일을 하고 싶냐는 노인의 질문에 나는 왠지 모르게 긴장하면서 이렇게 대답해요.

이때만큼은 틀린 영어 문법을 쓰고 싶지 않아 오래오래 문장을 머리에서 굴리다 말했다. 아주 오래전부터 다큐멘터리를 좋아해왔다고. 내가 진정으로 하고 싶은 일은, 오직 이것밖에 없는 것 같다고.
"사—랑에—빠졌—군요."
"네, 사랑. 아마도요."*

이 대목을 읽는데 별안간 윤의 얼굴이 떠올랐습니다. 저는 위의 문장을 옮겨 적고 이렇게 감상을 남겼습니다.

작은 일에도 쉽게 흥분하는 나와는 다르게 윤은 매사에 건조한 사람이다. 그런데 그런 윤이 아이처럼 기뻐하는 표정을 본 적이 있다. 윤의 작업이 외국의 유명 타투 계정에 소개된 어느 날. 함께 소개된 작업들 중 베스트를 뽑아 달라는 글에 백여 개의 댓글이 달렸고, 윤이 작업한 뱀 그림이 두 번째로 많이 언급되고 있었다.

"Who did snake?"

누군가가 남긴 질문에 윤이 이렇게 답했다.

"I did."

그 댓글을 읽으며 윤을 바라보았을 때, 그가 짓던 미소를 잊을 수 없다. 그래, 그건 분명 사랑에 빠진 표정이었다.

워킹홀리데이를 마치고 한국에 돌아온 '나'를 반긴 건 핀란드에서 만난 노인이 보낸 편지입니다. 봉투 안에는 노인의 손편지와 오로라 사진이 인쇄된 빈 엽서, 그리고 그가 일회용 카메라로 찍어 준 자신의 사진이 들어 있었어요. 나중에 다큐멘터리 피디가 되면 꼭 핀란드에 다시 와서 오로라를 찍으라고 노인은 말했지요. 나는 사랑에 달뜬 얼굴로 책상 앞 창틀에 오로라 엽서를 붙여 두었습니다.

노인에게 답장을 보내려던 계획은 하루이틀 미뤄지다가 결국 학기 내내 보내지 못했습니다. 그동안 지원한 방송국 신입 피디 공채에도 전부 탈락했고요. 취업 준비생 신분으로 매일 반복되는 분주함과 불안감 속에서 답장할 겨를이 없어진 노인의 편지는 나에게 마음의 짐이 되었고, 결국 오로라 엽서는 서랍 속 어딘가로 들어가 잊혀집니다. 계속되는 공채 탈락에도 굴하지 않고 꿈을 좇던 나는, 갑자기 쓰러진 아빠의 병원비를 대기 위해 결국 식품회사 회계팀에 취직하게 돼요. 꿈을 포기했다는 씁쓸함보다 4대 보험, 상여금, 연차, 실비보험 같은 단어들이 주는 안정감이 진심으로 기뻤다고 나는 힘주어 말합니다. 회사에서 가족 의료비를 지원해 준 덕분에 아버지도 수술할 수 있었고요.

졸업한 지 육 년 만에 학자금 대출을 완납하던 날에는, 유명하다는 베이커리에서 작은 조각 케이크를 하나 샀다. 방문을 닫고, 불을 끄고, 노트북으로 「북극의 눈물」 DVD를 재생했다. 너무 여러 번 들어 익숙한 배경음악이 깔렸다. 나는 모니터에서 흘러나온 네모난 빛 안에 케이크 접시를 두고 천천히 한입씩 떠먹었다. 혀끝에 닿은 생크림이 달았다.*

이 대목을 읽으면서 조금 울었습니다. 학자금 대출을 완납하고 한다는 일이 조각 케이크를 먹으며 자신이 사랑했던 다큐멘터리를 보는 거라는 게 너무 애달파서요. 이번에도 문장을 옮겨 적고 저의 감상을 남겼습니다.

이루지 못한 꿈과 마주하는 나의 기분은 어땠을까. 나는 그가 불행할 거라 생각하지는 않는다. 취직한 덕에 아빠의 수술을 할 수 있었고, 학자금 대출을 갚았으며, 유명한 베이커리에서 사 온 조각 케이크를 먹으면서 다큐멘터리를 볼 수 있는 시간과 여유를 얻었다는 걸 나는 안다. 만약 그가 자신의 꿈을 포기하지 않았다면 더 행복했을까. 그건 아무도 알 수 없다. 그렇지만, 그럼에도. 나는 자신이 없다. 꿈을 접고 사랑을 잃은 윤의 얼굴을 볼 자신이. 윤이 타투를 그만두고 다시 취직해서 적당한 월급을 받으며 삶의 여유를 되찾는 게, 그게 정말 내가 바라는 일일까. 그게 윤이 닿고 싶은 미래일까. 언젠가는 윤이 그걸 원할지도 모른다는 생각이 들었지만, 적어도 지금은 아니다.

6년이 지나 노인의 편지를 다시 꺼내든 '나'는, 무심코 사진을 뒤집었다가 두꺼운 종이가 덧대어 있는 걸 발견하고는 의아해합니다. 그러다 봉투에서 전에는 보지 못했던, 주소와는 다르게 연필로 적었는지 지워지기 직전의 아주 흐릿한 문장을 발견해요.

Do not bend (Photo inside) 구부리지 마시오 (사진이 들어 있음)*

사진이 지구 반대편으로 먼 길을 거쳐 가는 동안 행여나 구겨질까 시리얼 상자를 가위로 자르고, 그것을 풀로 단단히 붙여 보낸 노인의 마음이 내겐 이렇게 읽혔다. 꿈이 있으니 구부리지 마시오.

소설 속 '나'는 핀란드 노인에게 미뤄 두었던 답장을 씁니다. 이 단편의 마지막 문장은 이렇게 끝납니다.

Dear.*

여기 실린 소설들은 모두 작가가 회사에 다니는 동안 발표한 작품이라고 한다. 월급을 받아 소설책을 사고, 문예지를 구독하고, 유료 강좌를 들으러 다니고, 때로는 연차나 반차를 내고 소설을 썼다고. 처음 직장 생활을 시작한 지 십 년 만에 작가의 첫 책이 나왔다. 그는 지금 회사를 그만두고 전업 작가로 활동하고 있다. Dear. 이 문장 뒤로 어떤 이야기들이 펼쳐질까. '나'는 핀란드에 가서 오로라를 보게 될까. 소설가 장류진의 다음 작품은 어떨까. 그리고 10년 뒤에 윤은 무얼 하고 있을까.

땡스북스에서 서점원으로 일하던 시기, 모든 스태프가 돌아가면서 '금주의 책'이라는 코너에 서평을 썼습니다. 그 당시 저에게는 나름의 고민이 있었는데, 제가 쓴 글이 서평이라 할 수 없는 수준 미달의 글 같다는 생각 때문이었어요. 모름지기 서평이라고 하면 책의 주요 내용과 줄거리 요약은 물론, 저자가 이 책을 통해 전달하고자 하는 메시지가 무엇인지, 책의 장점과 단점을 논리적이고 객관적으로 분석해야 할 텐데, 제가 쓰는 글에는 오로지 제 얘기밖에 없었거든요.

인도 벵골 출신의 부모님에게서 태어나 미국에서

자라난 퓰리처상 수상 작가 줌파 라히리가 모국어인 영어가 아닌 이탈리아어로 펴낸 첫 산문집 『이 작은 책은 언제나 나보다 크다』를 읽고서는 이탈리아어와 사랑에 빠진 줌파 라히리의 문장을 가져다 일본어를 배우느라 고군분투하던 저의 오랜 노력을 표현하는 데 썼고, 번역가이자 예술가이자 에세이스트 박상미가 뉴욕에서 보고 느끼고 생각한 것들을 정리한 『나의 사적인 도시』를 읽고 쓴 글엔 박상미의 뉴욕이 아닌 정지혜를 키워 준 서울이라는 도시에 대한 이야기만이 가득했으니까요. 이런 걸 서평이라고 부를 수 있는 걸까. 이건 서평이 아니라 내 이야기를 하는 데 책을 이용하는 게 아닐까 고민하던 그때, 은유 작가의 『글쓰기의 최전선』에서 해답을 찾았습니다.

책에는 은유 작가가 온라인 서점에서 『전태일 평전』의 서평을 찾아본 일화가 나옵니다. 다른 이들은 이 책을 어떤 지점에서 어떻게 감동받아 읽었는지 알고 싶어서 서평을 찾아보았는데, 수십 페이지에 달하는 서평 대부분이 대동소이했다는 거예요. 전태일은 노동운동의 출발점이고, 열악한 노동운동 환경을 알렸고, 가난을 딛고 공부하고 약자 편에 선 훌륭한 사람이라는 판에

박힌 표현의 글과 그래도 조금 다르게 자기 경험과 관점에서 쓴 글을 예시로 들며 은유 작가는 이렇게 말합니다. 글에는 적어도 '어떤 인격'과 '어떤 상황' 그리고 '어떤 느낌'이 보여야 한다고. 어떤 글을 읽어 보았을 때, 글쓴이가 무슨 일을 경험했고 무슨 생각을 하고 사는지 알 수 있어야 좋은 글이라고요.

책의 내용을 '객관적'으로 파악해서 저자의 의도에 맞추려 하지 말고, 자기 삶의 구체적인 정황을 떠올리고 접목시키면서 '주관적'으로 읽으라는 은유 작가의 말을 곱씹으며 저는 자신감을 얻었습니다. 누군가는 이런 글은 서평이 아니라고 할 수도 있겠지만 그럼 뭐 어때요? 저는 기자도 비평가도 아닌 그저 독자일 뿐인걸요.

책의 전체 줄거리를 요약하지 않아도 되고, 작가의 의도를 분석하거나 장단점을 분석하지 않아도 됩니다. 감상에서 중요한 건 '책'이 아니라 '책을 읽은 나'이니까요. '책을 읽은 나'에는 맞고 틀림이 없습니다. 내가 느낀 것만이 정답이에요.

책을 읽다가 어떤 구절이 나를 기쁘게 했다면, 슬프게 했다면, 웃기게 했다면, 화나게 했다면, 속상하게 했다면, 짜증 나게 했다면, 뭉클하게 했다면, 감탄하게 했

다면, 공감하게 했다면, 반성하게 했다면, 누군가를 떠
오르게 했다면, 무슨 말인지 정확히 이해하지 못했더라
도 그냥 마음에 와닿았다면 그 이유를 파고들어 보세요.
이 과정을 반복하다 보면 책은 나라는 사람을 이해하고
발견하고 탐구하는 아주 유용한 도구가 됩니다.

한 권의 책이 세상에 나오는 순간부터 책은 자신만의
생애와 운명을 갖는다. 책은 그 순간부터 작가를 망각
한다. 그 순간부터 한 권의 책은 작가가 아닌 독자의 책
이 된다. 모든 책이 한 권의 책으로서 궁극적으로 완성
되는 것은 바로 독자의 정신 속에서이다. 한 권의 책은
그것을 읽는 독자에 따라, 그리고 시대에 따라 각기 다
른 의미와 가치를 갖는다.**

* 장류진, 『일의 기쁨과 슬픔』(창비, 2019)
** 김운하, 『네 번째 책상 서랍 속의 타자기와 회전목마에 관하여』(필로소픽,
2018)

나오는 말
책처방사의 기쁨과 기쁨

독서와 관련된 내용이 아니라 본
문에는 쓰지 못했지만, 책처방사로 일하면서 제가 가장
많이 받는 질문은 따로 있습니다. 낯선 사람들의 고민이
나 하소연을 듣는 일이 힘들지 않냐고 묻는 질문이지요.
제가 맨 처음 책을 처방하는 서점을 열겠다고 했을 때,
친구들이 액받이 무녀와 다를 게 뭐냐고 걱정하기도 했
으니까요. (☺)

모두의 우려와는 다르게 사람들을 만나 이야기를
듣는 일은 힘들지 않았습니다. 아니, 오히려 재미있었어
요. 초파리 연구원, 공항 출입국관리사무소 직원, 수녀,

제약회사 연구원, 연예부 기자, 파일럿, 목회자, 언어 치료사, 경찰특공대, 전동차 기관사……. 제 삶의 바운더리 안에서는 좀처럼 만날 기회가 없는 다양한 직업과 다양한 사연을 가진 이들을 만나 이야기 나누는 경험이 저에게는 꼭 사람이라는 책을 읽는 것 같았습니다. 내가 모르는 세상을 발견하는 즐거움에 시간이 가는 줄도 몰랐지요.

어떤 날은 일과 육아를 병행하며 지친 워킹맘 손님의 고된 하루를, 또 어떤 날은 전업주부로 살아가는 손님의 답답한 하루를 나누었습니다. 취업을 해서, 혹은 취업을 하지 않아서, 결혼을 해서, 혹은 결혼을 하지 않아서, 저마다의 이유로 힘들어하는 사람들을 만났습니다. 그러다 보니 어느새 어떤 것도 함부로 판단하거나 평가하지 않고, 쉽게 부러워하거나 비난하지 않는 사람이 되어 있더라고요.

사적인서점 시즌 1을 종료하면서 첫 책 『사적인 서점이지만 공공연하게』를 펴냈습니다. 좋아하는 일을 나답게 즐겁게 지속 가능하게 이어 가려고 고민했던 과정들을 진솔하게 담으면서 저는 이렇게 썼습니다.

내가 고른 한 권의 책이 누군가의 인생을 바꿀지도 모른다. 내가 매일 반복하는 일상 너머에는 그런 단단한 믿음이 있다.

책이 나오고 나서 한동안 열심히 제 이름과 책 제목을 검색해 보았습니다. 『해피 엔딩 이후에도 우리는 산다』를 쓴 윤이나 작가가 제가 쓴 문장을 인용하며 이런 감상을 남겼더라고요.

"내 손을 거쳐 간 무엇인가가 누군가를 바꿀 수도 있을 거라고 믿는 마음은 재능이다."

『모든 요일의 여행』을 쓴 김민철 작가도 자신의 SNS에 비슷한 내용의 감상을 남겼습니다.

"'책을 좋아한다.' 이 한 문장이 한 사람을 어디까지 데려갈 수 있을까? 그리고 자신이 사랑하는 그 책이 다른 누군가를 더 평온한 마음으로, 덜 우는 밤으로 데려갈 수 있다고 굳건히 믿는 그 마음은 또 무엇일까?"

이런 반응들을 확인하기 전에는 몰랐습니다. 저의 믿음이 얼마나 놀라운 것인지를요. 생각해 보니 저에게는 차고 넘치는 근거들이 있었습니다. 사적인서점을 통해 만난 책이 자신의 인생을 어떻게 바꿔 놓았는지 문자로, 편지로, 생생한 목소리로 전해 준 손님들이 제 믿음의 증거인 셈입니다.

　재작년 여름, 친구의 권유로 가볍게 건강검진을 받으러 갔다가 암을 발견했습니다. 생각보다 진행 속도가 빨라 일 년 가까이 일을 그만두고 치료에 집중해야 했지요. 암을 확진받은 날부터 SNS에 일기를 써서 올렸는데 뜻밖의 메시지가 도착했습니다. 2018년 서울국제도서전에서 저에게 책 처방을 받고 간 손님이었어요. 레지던트 1년 차였을 때 당직을 서고 도서전에 갔다가 책 처방을 받았는데, 그때 처방받은 책들이 일상을 버티는 데 큰 힘이 되었다고 손님은 말했습니다. 이제 자신은 전임의 과정을 끝내고 항암 치료하는 의사로 대학병원에서 일하고 있다고, 혹시라도 의사의 의견이 필요하거나 도움이 필요하다면 이야기를 해 달라고 했습니다. 과거에 자신이 받은 도움을 저에게 돌려주고 싶다면서요. 메시지를 받고 깜짝 놀랐습니다. 그때 우리가 이야기를 주고받은 시간은 겨우 10분이었고, 그것마저도 4년 전의 일이었으니까요.

　그뿐만이 아니었습니다. 제가 입원해 있던 병원 로비의 크리스마스 트리에 응원의 편지를 남기고 간 손님도 있었고, 항암 치료하느라 입맛이 뚝 떨어진 제가 그나마 먹을 수 있는 게 과일뿐이라고 했더니 종류별로 사다 서점에 놓고 간 손님도 있었지요. 세상에 이렇게나 많은 사람이 나의 회복을 기도하고 있다니, 얼마나 든든하고 고마웠는지 모릅니다. 책이 저에게 준 기쁨과 위로와 응원을 나누고 싶어서 시작한 일이었는데, 제가 뿌린 마음을 이런 식으로 되돌려받을 줄은 상상도 못했습니다.

몸이 아픈 건 불운한 일이지만 대신 나와 같은 상황에 놓인 사람들이 사적인서점을 찾았을 때, 아픈 몸으로 살아가는 외로움과 괴로움을 이해하고 나눌 수 있으니 그것 하나만큼은 잘된 일이라는 생각도 들었습니다. 삶의 고통까지도 유용하게 쓸 수 있는 직업이 바로 책처방사니까요.

『꼭 맞는 책』은 제가 책을 읽는 방법에 대한 이야기이기도 하지만, 책처방사라는 직업을 통해 다시 태어난 나라는 사람에 대한 기록이기도 합니다. 책 처방이 얼마나 의미 있고 보람 있는 일인지 널리 자랑하고 싶은 마음으로 이 책을 썼습니다.

아무리 좋은 책도 읽어 주는 독자가 없으면 무용하듯이, 사적인서점 또한 계속해서 찾아 주는 분들이 있었기에 8년 동안 이어 올 수 있었습니다. 여러 번 장소를 옮기는 동안에도, 이런저런 사정으로 잠시 쉬어 가는 동안에도, 사적인서점을 잊지 않고 찾아 주신 모든 분께 감사 인사를 전합니다.

첫 책을 펴낸 유유출판사와 이번 책도 함께할 수 있어서 기쁩니다. 『꼭 맞는 책』이 세상에 나올 수 있도록 오랜 시간 애써 주신 유유출판사 식구분들(특히 조성웅 대표님과 수 편집자님), 없으면 안 되는 마감 메이트 어떤요일 친구들, 함께 사적인서점을 꾸려 가는 든든한 동료이자 고마운 내 동생 지수, 언제나 힘이 되어 주는 짝꿍 윤대관과 사랑하는 가족들에게 고맙습니다.

이 책을 쓰면서 책 처방을 처음 시작한 날부터 지금까지 지나온 날들을 헤아려 보고 매듭을 묶을 수 있어 좋았습니다. 제 몫은 여기까지입니다. 이제 이 책은 제 손을 떠나 다양한 이들에게 가닿겠지요. 『꼭 맞는 책』이 여러분의 삶과 만나 어떤 화학작용을 일으키게 될지 궁금합니다. 세상의 많고 많은 책 중에서 제 책을 집어 들어 주서서, 3분의 1 지점에서 접지 않고 여기까지 읽어 주서서 감사합니다.

마지막으로 제가 독서 생활의 북극성으로 품고 있

는 이현주 작가의 『읽는 삶, 만드는 삶』 속 문장을 나누면서 이 책을 마칠까 합니다. 앞으로 여러분이 책과 만들어 갈 사적이고 고유한 경험을 기대하며.

미리 말하지만 책을 읽는다고 유능하거나 훌륭한 사람이 되지는 못한다. 모두 자기만큼의 사람이 될 뿐이다.

부록

책 처방전 30

지금까지와는 다르게 살아 보고 싶은 당신에게

● 『가능한 불가능』, 신은혜, 제철소, 2022

『가능한 불가능』은 매년 둘도 셋도 아닌 딱 하나씩, 불가능하다고 생각해 온 무언가에 도전하는 저자의 생생한 경험담을 담고 있습니다. '할 수 있다 프로젝트'를 통해 저자는 인생의 가장 큰 두려움이었던 운전을 하게 되고, 다음 해에는 한 번도 쳐 본 적 없던 피아노로 가장 좋아하는 곡을 연주하게 됩니다. 세 번째 해에는 중학교 때 포기한 영어를 배우기로 마음먹지요. 이러한 도전들이 징검다리가 되어 저자는 상상조차 해 보지 못한 놀라운 세계에 도착합니다. 1년이라는 결코 짧지 않은 시간 동안 한 가지 목표에 매달리는 경험이 어떻게 일상을 바꾸고 인생을 바꾸는지, 이 책에서 직접 확인해 보세요.

못 하는 게 많은 당신에게

● 『결국 못 하고 끝난 일』, 요시타케 신스케·고향옥 옮김,
온다, 2018

그림책 작가 요시타케 신스케의 '할 수 없는 혹은 하지
못한 일' 목록이 담긴 책입니다. 어릴 때부터 지금까지
한결같이 못 하는 일도 있고, 미루고 미루다가 결국 하지
못한 일도, 싫어하거나 무서워서 시도조차 못하는 일도
있습니다. '치과에 못 간다'거나 '요리를 못 한다'처럼
공감 가는 부분도 있고, '구멍 난 양말을 버리지 못한다'
거나 '장거리 여행을 못한다'처럼 너무 사소하고 평범한
일이라 이게 왜 어렵다는 걸까 싶은 것들도 있지요. 작
가는 이 모든 것을 "아직도 ~을 못합니다!"라고 진솔하
게 고백합니다. 기발한 상상력으로 전 세계에서 사랑받
는 작가에게도 어쩔 수 없는 일들이 있다는 사실은 이상
하게 위로가 되지요. 사람은 누구나 자신만의 못하는 일
이 있습니다. 해내지 못해도, 잘하지 못해도 괜찮아요.
할 수 없는 일이 있으면, 분명 할 수 있는 일도 있을 테니
까요.

삶의 과도기를 건너가고 있는 당신에게

● 『건너오다』, 김현우, 문학동네, 2016

이 책은 다큐멘터리 피디이자 번역가인 저자가 세계 곳곳을 다니며 기록한 글들을 모은 출장 산문집입니다. 그는 이 책이 자신의 삼십대와 겹치는 십여 년을 정리한 책이라고 말해요. 어떤 남자가 한 시기를 지나온 기록이 독자들 각각이 그 시기를 지나는 데 좋은 의미로든 나쁜 의미로든 참고가 될 수 있다면 더 바랄 게 없겠다고요. 책을 읽으면서 '경계'라는 단어가 자주 눈에 띄었습니다. 그래서일까요. 저에게는 그 시기가 '과도기'로 읽혔습니다. 한 상태에서 다른 새로운 상태로 옮아 가거나 바뀌어 가는 도중의 시기. 어른의 사춘기를 통과 중이라면 이 책이 분명 유용한 힌트가 될 겁니다.

시야가 좁아진 당신에게

● 『긴 여행의 도중』, 호시노 미치오·박재영 옮김, 엘리,
2019

호시노 미치오는 알래스카의 유구한 자연 풍경을 담는
일에 일생을 바친 사진작가입니다. 촬영 중 불곰의 습격
으로 43세의 나이에 생을 마감하기까지, 그는 알래스카
를 생활의 터전으로 삼고 그곳에서 만난 귀한 풍경들을
글과 사진으로 기록했습니다. 『긴 여행의 도중』은 호시
노 미치오의 유고작이지요. 나를 둘러싼 좁은 세계 안에
서 종종거리다 마음이 걸려 넘어질 때, 저는 이 책에서 보
았던 혹등고래의 우아한 춤과 오로라의 신비한 빛을 떠
올립니다. 사는 동안 알래스카에 갈 수 있을지 없을지는
알 수 없습니다. 하지만 그것을 실제로 보지 못하더라도
내가 사는 지구 어딘가에 혹등고래가 바다 위로 솟구쳐
오르는 세계가 있다는 것, 시시각각 변하는 빛의 띠가 그
곳에 존재한다는 것, 언젠가는 그 풍경과 마주하는 날이
올지도 모른다는 약간의 가능성을 품고 사는 것만으로도
마음이 든든해집니다.

타인의 평가에 지나치게 신경 쓰는 당신에게

● 『깊이에의 강요』, 파트리크 쥐스킨트·김인순 옮김,
열린책들, 2020

실력 있는 젊은 화가가 한 평론가에게서 깊이가 부족하다는 평가를 받습니다. 이후 화가는 자신에게 부족한 깊이가 무엇인지를 '깊이 있게' 고민하다가, 그림 한 점 그리지 못한 채 끝내 자살을 택하고 맙니다. 정작 평론가는 그의 죽음 앞에서 삶을 '깊이 있게' 탐구하던 예술적 재능이 안타깝다며 애도를 표할 뿐인데요. 평론가의 말에 휘둘려 안타까운 죽음을 맞이한 젊은 화가처럼 우리도 자신의 행복을 타인의 손에 넘기고 있지는 않은지, 이 짧은 소설은 서늘하게 묻습니다. 타인의 시선과 외부의 평가로부터 자유로워지고 싶다면, 꼭 한 번 읽어 보기를 권합니다.

진정한 '나'를 찾아 헤매는 당신에게

● 『나란 무엇인가』, 히라노 게이치로 · 이영미 옮김,
21세기북스, 2021

지금까지 우리는 정체성이 단 하나라고 믿어 왔습니다. 상황이나 상대에 따라 다양한 가면을 쓰긴 해도, 핵심에 있는 '진정한 나'는 하나라고요. 서로 다른 성향 사이에서 무엇이 진짜 나인지 몰라 당혹감을 느끼거나, 적성에 맞지 않는 일을 하면서 진짜 나로 살고 있지 않다는 죄책감을 느끼는 것도 바로 그 때문입니다. 히라노 게이치로는 이 책에서 실체가 없는 '진정한 나' 대신 '분인'分人이라는 새로운 개념을 제시합니다. 인격을 나눌 수 있는 존재로 보고 집에서의 나, 직장에서의 나, 온라인상에서의 나처럼 관계마다 다르게 나타나는 다양한 인격을 모두 '진정한 나'로 보자는 거예요. 우리 안에는 늘 여러 분인이 존재하기 때문에, 혹시 어떤 분인 하나가 나를 못살게 굴더라도 다른 분인을 발판 삼아 살아가면 된다고 조언하지요. 진짜 나를 찾아 헤매느라 지친 당신에게 이 책을 처방합니다.

숨구멍이 필요한 당신에게

● 『다시, 피아노』, 앨런 러스브리저 · 이석호 옮김, 포노,
2016

이 책은 세계 최고의 유력 일간지 중 하나인 『가디언』의
편집국장이었던 앨런 러스브리저가, 피아노 레퍼토리
가운데 가장 난곡으로 꼽히는 쇼팽의 발라드 1번 G단조
에 도전한 1년 4개월간의 기록을 담고 있습니다. 새로운
도전보다는 현실 안주가 자연스러운 선택일 50대 후반
의 나이. 24시간 쉼 없이 돌아가는 뉴스 사이클 속에서
그는 업무와 조금도 상관없는 피아노 연습을 위해 하루
20분씩 시간을 짜내지요. 누군가는 그 시간에 차라리
잠을 자거나 쉬는 게 낫지 않겠냐고 하겠지만 앨런은 말
합니다. 업무와 무관한 무언가에 100퍼센트 전념함으
로써 삶이 균형을 되찾는 걸 실감할 수 있었다고요. 우리
모두에게는 잘하지 않아도 괜찮은, 배워서 어디다 써먹
을지도 모르는, 단지 재미있을 것 같아서 하는 그런 무용
한 즐거움이 필요합니다. 당신의 숨구멍은 무엇인가요?

용기를 내야 하는 당신에게

● 『마음의 비율』, 김승연, 마시멜로, 2023

우유가 강처럼 흐르고 꽃향기가 가득한 곳에 한 아기가
살고 있습니다. 그러던 어느 날, 작은 구멍 하나가 생기
기 시작하더니 점점 아기가 사는 세상을 망가뜨리기 시
작합니다. 구멍 밖 세상이 무서웠던 아기는 커져 가는 구
멍을 외면하지요. 나만의 서점을 하고 싶다 생각하면서
도 저 역시 실패가 두려워 오랜 시간 마음속 구멍을 모른
체하며 살았습니다. 『마음의 비율』은 제가 사적인서점
을 열기까지 망설이고 서성였던 그 모든 시간에 다정한
위로가 되어 준 책입니다. 지금 애써 외면하고 있는 마
음의 구멍이 있다면 당신이 그 구멍과 마주할 수 있도록,
구멍 밖으로 씩씩하게 나아갈 수 있도록 이 책이 용기를
불어넣어 줄 거예요.

하고 싶은 게 너무 많은 당신에게

● 『모든 것이 되는 법』, 에밀리 와프닉·김보미 옮김,
　웅진지식하우스, 2017

'단 하나의 진정한 천직'을 찾아 헤매지만, 한 가지만 깊이 파기엔 산만하고 끈기가 없어 고민인가요? 관심사가 자꾸 바뀌다 보니 무엇 하나 이뤄 놓은 게 없는 것 같아 걱정인가요? 저자는 당신에게 아무런 문제가 없다고 말합니다. 그건 그저 '다능인'의 정체성일 뿐이라고요. 이 책은 직업과 진로에 관한 전통적인 조언을 뒤집으며, 꿈이 너무 많은 당신을 위한 새로운 삶의 방식을 제안합니다. '전문가가 되기 위한 1만 시간의 연습' 대신 '모든 열정으로 지속 가능한 삶을 디자인하는 법'을요. 저는 이 책을 읽으며 처음으로 10년 뒤 나의 모습에 불안함 대신 설렘을 느꼈습니다. 우리는 모든 것이 될 수 있어요.

일상을 충만하게 채우고 싶은 당신에게

● 『모든 날이 소중하다』, 대니 그레고리·서동수 옮김,
   세미콜론, 2005

평범한 삶을 살던 대니 그레고리는 갑작스러운 사고로 아내가 하반신 불구가 되는 끔찍한 일을 겪습니다. 부부의 모든 계획과 꿈은 산산이 부서졌고, 두 사람은 살아가는 방법을 처음부터 다시 배워야 했지요. 그러던 어느날, 낙서를 좋아하던 대니는 아내를 관찰하며 따라 그리다가 낯선 충만함을 느끼고 놀랍니다. 차이는 그리는 방법이 아니라 바라보는 방법에 있었습니다. 느리고 애정이 담긴 시선의 마법을 깨달은 뒤, 대니는 본격적으로 그림을 그리기 시작합니다. 그 과정에서 자신이 얼마나 많은 것을 '그냥' 지나치며 살아왔는지 깨닫게 되지요. 이 책은 페이지 번호가 적혀 있지 않습니다. 어디서부터 펼쳐 읽어도 상관없어요. 한꺼번에 읽기보다는 침대 머리맡에 두고 하루를 마무리하며 그때그때 마음에 와닿는 페이지를 펼쳐 읽어 보시기를 권합니다.

있는 그대로의 나를 사랑하고 싶은 당신에게

● 『민들레는 민들레』, 김장성 글·오현경 그림, 이야기꽃, 2014

이 책은 민들레가 주인공으로 등장하는 그림책입니다. 싹이 터도 민들레, 잎이 나도 민들레, 꽃이 피어도 민들레. 가로수 아래 난 민들레도, 도로변 아스팔트 틈 사이에 난 민들레도, 민들레는 민들레. 꽃이 져도, 씨가 맺혀도, 바람에 날아가도, 민들레는 민들레. 글의 내용은 단순하지만 민들레의 자리에 자신의 이름을 넣어 읽으면 전해지는 감동이 다릅니다. 누가 뭐래도 민들레는 민들레인 것처럼, 잘났든 못났든 어떤 모습의 나도 결국 나라는 사실을 자연스럽게 깨닫게 하지요.

나답게 살고 싶은 당신에게

● 『밤에 우리 영혼은』, 켄트 하루프·김재성 옮김, 뮤진트리, 2016

40년을 이웃으로 지낸 애디와 루이스는 각자 배우자와 사별해 홀로 살고 있습니다. 그러던 어느 날, 애디가 루이스를 찾아가 깜짝 놀랄 제안을 해요. 가끔 나하고 자러 우리 집에 올 생각이 있느냐고요. 고독한 밤을 함께 견뎌 내자는 애디의 제안을 루이스가 받아들인 뒤, 두 사람은 밤의 어둠 속에 깃든 우정을 소중히 여깁니다. 하지만 작은 마을인 홀트에서는 금세 소문이 돌고 말지요. 주변 사람들의 반대에도 두 사람은 만남을 이어 갈 수 있을까요? 『밤에 우리 영혼은』은 켄트 하루프가 71세에 남긴 유작입니다. 작가는 70대 두 노인을 통해 묻습니다. 타인의 시선과 평가라는 울타리에 갇혀 놓치고 있는 당신의 행복은 무엇이냐고요. 나다운 행복을 지키는 일은 나이가 들어도 쉽지 않은, 평생에 걸쳐 노력해야 하는 일인지도 모르겠어요.

이해받고 싶고 또 이해하고 싶은 당신에게

● 『산책을 듣는 시간』, 정은, 사계절, 2018

『산책을 듣는 시간』은 청각장애가 있는 수지와 시각장애가 있는 한민이, 침묵의 세계와 흑백의 세계를 각자의 보폭으로 산책하듯 걸어가는 과정을 그린 소설입니다. 작가는 사람마다 각자 세상을 느끼는 범위와 방법이 다르고, 각자의 방식이 존중되는 게 당연하다는 생각을 바탕으로 이 소설을 썼다고 해요. 타인을 온전히 이해하는 게 불가능하다는 것을 알면서도 기꺼이 시간을 내어 다가가는 것. 그렇게 한 걸음 다가가면 절대 일어나지 않을 거라고 생각했던 일들이 마법처럼 일어나게 되고, 자신은 그 마법을 믿는다고요. 상처받으면서도 끝내 이해하려는 노력을 포기하지 않는 수지의 이야기가 당신에게도 힘이 될 거예요.

선택이 어려운 당신에게

● 『선택』, 김운하, 은행나무, 2021

우리는 종종 실패한 선택들에 대해 상상하곤 합니다. 만약 그때 다른 선택을 했더라면 어땠을까 하고요. 삶은 우리가 선택한 것들로 이루어지기도 하지만, 실은 그만큼 우리가 선택하지 않았던 다른 가능세계들의 포기와 상실로 이루어지기도 한다고 말하는 사람이 있습니다. 우리에게 일어나는 일들 가운데에는 개인의 선택과 무관한 일들이 더 많다고, 그러한 현실을 겸허하게 받아들일 때 우리는 조금 더 삶을 사랑할 수 있게 될지 모른다고요. 이 책은 소설가이자 인문학자인 저자가 '선택'을 주제로 문학, 철학, 역사, 예술 등 다양한 방면의 통찰을 풀어낸 작지만 야무진 책입니다. 선택을 잘하는 방법은 아니지만 선택 앞에서 조금은 편안해지는 법을 배울 수 있어요.

나만의 작은 가게(회사)를 꿈꾸는 당신에게

● 『아무도 없는 곳을 찾고 있어』, 쇼노 유지 글·오쓰카
이치오 그림·안은미 옮김, 정은문고, 2018

이 책은 일본의 작은 지방 도시에서 커피 로스터리를
10년 넘게 운영해 온 저자의 경험담을 담고 있습니다.
돈도, 인맥도, 재능도 없는 사람이 오랫동안 가게를 유
지할 수 있었던 비결은 무엇일까요? 책을 읽다 보면 자
주 반복되는 표현들이 있습니다. '같은 일을 같은 곳에
서 같은 시간 같은 마음으로.' '당연한 일을 하루하루 같
은 마음으로 할 수 있느냐 그렇지 않느냐가 전부다.' 사
적인서점을 열기 전, 저는 무언가를 시작하는 게 가장 어
려운 일이라고 생각했습니다. 하지만 지금은 알아요. 진
짜 어려운 건 '시작'이 아니라 '지속'이라는 걸요. 인생
에는 지구력이 필요한 일들이 있습니다. 예상과 다르게
흘러가더라도, 내가 잘하고 있는지 의심이 되더라도, 같
은 마음으로 꾸준히 이어가야 하는 일들이 있지요. 이 책
은 '내가 잘할 수 있는 일'보다 '내가 견딜 수 있는 일'이
무엇인지 생각해 보게 합니다.

내려놓는 연습이 필요한 당신에게

● 『아무튼, 잠수』, 하미나, 위고, 2023

프리다이빙은 맨몸으로 숨을 참으며 하는 운동입니다. 그저 꾹 참으면 될 것 같지만, 그렇게 간단하지는 않대요. 의지로, 최선을 다해, 스스로를 몰아붙여 성취하는 것에 익숙했던 저자는 프리다이빙 앞에서 당혹스럽기만 합니다. 프리다이빙을 하려면 지금까지와는 다른 방식이 필요했거든요. 못하는 연습, 내려놓는 연습, 힘 빼는 연습이요. 두려움을 극복해야 할 때, 대개 우리는 꾹 참고 버티는 방법만을 생각하잖아요. 무서워서 한 발짝도 더 내딛기 어려울 때 어떻게 앞으로 나아갈 수 있을지에 대한 새로운 힌트가 이 책에 담겨 있습니다.

생각이 너무 많은 당신에게

● 『어떻게 쓰지 않을 수 있겠어요』, 이윤주, 위즈덤하우스, 2021

생각이 많아도 너무 많은 저는 아침마다 모닝페이지를 씁니다. 머릿속을 가득 채운 복잡한 생각들을 글로 쭉 써 보는 건데요. 실체 없던 걱정과 불안이 눈에 보이니까 어느 정도 거리를 두고 객관적으로 다룰 수 있게 된달까요. 『어떻게 쓰지 않을 수 있겠어요』의 저자도 저처럼 속상한 일이 생기면 "이따 집에 가서 글을 쓰면 돼"라고 이야기하는 사람입니다. 저자의 말에 따르면 여기엔 과학적인 근거가 있다고 해요. 인간의 뇌에는 감정을 관장하는 편도체와 이성을 관장하는 전전두엽이 따로 존재합니다. 슬픔에 빠지면 편도체가 과도하게 활동하지만 걱정할 필요는 없어요. 슬픔을 '슬프다'라고 글로 쓰는 순간, 편도체는 쉬고 전전두엽이 활동을 시작하거든요. 걱정과 불안을 스스로 다룰 수 있는 삶. 이 책을 읽고 당신도 그러한 삶을 살게 된다면 좋겠습니다.

상실의 슬픔에 빠져 있는 당신에게

● 『엄청나게 시끄럽고 믿을 수 없게 가까운』, 조너선

　사프란 포어·송은주 옮김, 민음사, 2006

아홉 살 소년 오스카에게는 꼭 완수해야 할 미션이 있습
니다. 9.11 테러로 갑작스레 세상을 떠난 아버지의 유품
속에 있던 열쇠의 정체를 밝혀 내는 거예요. 미션을 수
행하며 오스카는 저마다의 슬픔을 지닌 다양한 사람들
과 만납니다. 그렇게 500페이지에 걸쳐 엄청나게 아름
답고 믿을 수 없게 슬픈 이야기가 펼쳐지지요. 상실과 치
유에 대해 다루는 책 중 이보다 아름답고 슬픈 소설을 본
적이 없어요.

삶이 초라하게 느껴지는 당신에게

● 『올리브 키터리지』, 엘리자베스 스트라우트·권상미 옮김,
문학동네, 2010

남들은 모두 잘 지내는 것처럼 보이는데 나만 되는 일이
없는 것 같아 삶이 초라하게 느껴질 때, 저는 『올리브 키
터리지』를 꺼내 읽습니다. 이 책은 까탈스럽고 퉁명스
러운 주인공 '올리브 키터리지'를 중심으로 작은 해안가
마을 사람들의 이야기를 풀어낸 연작소설입니다. 다층
적이고 모순적인 인간의 내면을 탁월하게 그리는 엘리
자베스 스트라우트답게 겉으로 평온해 보이는 마을 사
람들의 삶 이면을 섬세하게 파고들지요. 이 책을 읽다 보
면 우리가 얼마나 제멋대로 서로를 오해하고 있는지, 또
각자가 자신에게 필요한 것을 얻으려 얼마나 치열하게
애쓰며 살고 있는지를 깨닫게 됩니다. 그중에서도 저는
「여행 바구니」라는 단편을 특히 좋아합니다.

삶의 불확실성을 끌어안고 싶은 당신에게

● 『우연의 질병, 필연의 죽음』, 미야노 마키코 · 이소노 마호
· 김영현 옮김, 다다서재, 2021

유방암에 걸려 죽음을 앞두고 있는 철학자 미야노 마키코. 그는 평생 '우연'을 연구해 온 철학자답게 질병을 앓는 삶의 불확실성과 위험성에 관해 의료인류학자 이소노 마호와 편지를 주고받기로 합니다. 책에 담긴 스무 통의 편지는 우연과 필연, 질병과 의료, 운명과 선택, 삶과 죽음 등 다양한 주제를 다루며 우리에게 새로운 사유의 가능성을 던져 주지요. 살아가는 동안 우리는 수없이 많은 '어쩔 수 없는 우연'에 휘말립니다. 철학자 미야노 마키코에게 갑작스럽게 찾아온 암이 그랬고, 저 역시 다르지 않았지요. 시시때때로 찾아오는 우연 앞에서 우리는 무력합니다. 미리 계획하고 대비할 수 없으니까요. 대신 우리에게는 그 우연에 대응하며 나와 내 삶의 방식을 만들어 나갈 초월적인 힘, 즉 초력超力이 있다는 것을, 이 책이 저에게 알려 주었습니다.

자유롭고 유연하게 살고 싶은 당신에게

● 『유럽의 그림책 작가들에게 묻다』, 최혜진, 은행나무, 2016

오랜 시간 주입식 교육에 단련되어 살아온 저자는, 타인의 시선 때문에 틀을 벗어나기 어려워하는 한국인의 입장에서 유럽의 그림책 작가 10인을 만나 이렇게 묻습니다. "어떻게 하면 상상력과 창조성을 기를 수 있을까요?" 책에는 그들의 남다른 시선을 빚어낸 유년 시절과 작가로서의 철학, 아이들과 소통하는 마음가짐에서 찾아낸 상상력과 창조성의 실마리가 담겨 있지요. 이 책은 인터뷰 형식을 통해 다양한 답을 제시하지만, 어쩌면 반대로 우리에게 질문을 던지고 있는 것 같기도 합니다. 당신은 앞으로 어떤 인생을 만들어 나가고 싶은지에 대해서요. (참고로 저는 이 책을 최고의 육아서로 꼽습니다.)

삶에 지친 당신에게

● 『잃어버린 영혼』, 올가 토카르추크 글·요안나 콘세이요
그림·이지원 옮김, 사계절, 2018

너무 많은 일에 쫓기던 얀은 어느 날 자기가 누구인지 잊
어버리고 맙니다. 의사는 얀에게 영혼을 잃어버렸다는
진단을 내립니다. 미처 주인의 속도를 따라가지 못한 영
혼이 어디선가 떠돌고 있다는 거예요. 그날부터 얀은 집
나간 영혼이 돌아오기를 기다립니다. 책의 왼쪽 페이지
는 주인을 찾아가는 영혼의 여정을, 오른쪽 페이지는 영
혼을 기다리는 얀의 고요한 시간을 보여 주지요. 당신은
어떤가요? 영혼이 따라올 수 없는 속도로 일하고 있지는
않나요?

나만의 방식으로 일을 시작하고 싶은 당신에게

● 『작고 소박한 나만의 생업 만들기』, 이토 히로시·지비원
옮김, 메멘토, 2015

생업이란 대단한 기획이나 특별한 재능 없이도 소규모
자본으로 가능한 생활 밀착형 일을 말합니다. 요리를 좋
아한다면 누군가의 집에서 열리는 파티 요리를 담당해
보거나, 점포를 빌리지 않고 출장 요리사로 일하는 것처
럼 가볍게 시도해 볼 수 있는 일들이지요. 이 책은 어쩌
면 이미 내가 하고 있는 일들도 충분히 사업이 될 수 있
다는 걸 일깨워 줍니다. 책을 읽다 보면 우리가 가진 무
수한 선택지와 가능성에 놀라게 돼요. 창업을 하고 싶지
만 어디서부터 시작해야 할지 몰라 막막하고 걱정부터
앞서는 당신에게 『작고 소박한 나만의 생업 만들기』를
권합니다. 꿈꾸던 일들을 자신만의 작고 소박한 방식으
로 시작하는 데 이 책이 좋은 힌트가 될 거예요.

혼자가 아닌 삶의 무게를 짊어진 당신에게

● 『작별 인사는 아직이에요』, 김달님, 어떤책, 2019

김달님 작가는 조부모의 손에 자랐습니다. 시간이 흘러 나이가 든 할머니와 할아버지가 병원에 입원하면서 그는 서른한 살이라는 조금은 이른 나이에 덜컥 보호자가 되었지요. 별안간 들이닥친 두 사람의 이상 증세는 김달님 작가를 낯설고 매서운 좌절 속으로 데려갑니다. 돈에 쫓기고 일상은 무너졌으며 상처 입은 마음과 마주하는 나날들. 하지만 그 속에서도 '우리가 지금 이곳에 같이 있음으로 가질 수 있는 기쁨들'을, '지금이 아니면 겪지 못할 기회처럼 느껴지는 시간들'을 김달님 작가는 기어코 발견해 내요. 세상에는 그저 지켜보고 있는 것만으로도 잘 살고 싶은 마음이 들게 하는 존재들이 있습니다. 저에겐 김달님이라는 사람이 그렇습니다.

마음의 감기 몸살을 앓고 있는 당신에게

● 『집에 있는 부엉이』, 아놀드 로벨·엄혜숙 옮김, 비룡소, 1998

순수하고 엉뚱한 부엉이 이야기 다섯 편이 담긴 동화책입니다. 저는 그중에서도 「눈물 차」라는 단편을 특별히 아낍니다. 부엉이가 찬장에서 주전자를 꺼내 슬픈 일들을 생각하며 눈물을 채우고, 그것을 끓여 마시면서 행복을 느낀다는 줄거리예요. 힘들 땐 무작정 참는 것보다 시원하게 우는 게 나을 때도 있는 법이니까요. 마음의 감기 몸살을 앓고 있는 분께 처방하고 싶은 책입니다.

이별이 두려운 당신에게

● 『콜 미 바이 유어 네임』, 안드레 애치먼·정지현 옮김, 잔, 2019

찬란했던 그해 여름, 엘리오와 올리버가 나누었던 사랑처럼 우리에게도 지금의 나를 만들어 준 사랑이 있습니다. 내 영혼에 나이테를 더해 준 사랑. 그것이 없으면 다시 내가 될 수 없는 사랑. 『콜 미 바이 유어 네임』은 사랑은 끝났지만 여전히 우리 안에 남아 있는 것들을 그러모아 'Cor Cordium'(마음 중의 마음)이라는 이름을 붙여 간직할 수 있도록 해 주지요. 영화 『콜 미 바이 유어 네임』을 먼저 보고 소설을 읽는 것도 좋을 거예요.

사람 때문에 울고 웃는 당신에게

● 『피프티 피플』, 정세랑, 창비, 2021

『피프티 피플』은 수도권의 한 대학병원을 배경으로 51명의 주인공이 등장하는 소설입니다. 앞선 이야기의 조연이 다음 이야기에서는 주연이 되고, 그 주연은 또 다른 이야기에서 단역으로 등장하는 식이지요. 누구도 쉽게 탓할 수 없는 각자의 사연과 관계 속에 얽혀 있는 51명의 이야기를 따라가다 보면, 나를 힘들게 한 사람에게도 그렇게 할 수밖에 없었던 이유가 있었을 거라고 이해하는 마음이 생길지도 모르겠어요.

삶이 고단한 당신에게

● 『혼자를 기르는 법 1, 2』, 김정연, 창비, 2017, 2018

'훌륭한 분이시다', '귀한 몸이시다'에서 따온 특별한 이름을 가지고 있지만, 실제로는 작은 인테리어 회사의 '시다바리' 신세를 벗어나지 못하고 매일 과로와 스트레스에 시달리는 20대 사회초년생 '이시다'의 일상을 만화로 담은 책입니다. 아무리 애써도 보통의 삶을 유지하기도 벅찬 상황이지만 시다는 믿습니다. 지금으로선 전혀 알 수 없는 좋은 일들이 자신을 기다리고 있을 거라고. 오늘이 아니면 내일, 내일이 아니라면 내년에라도. 분명 어디에선가 숨어 있다가 자신을 놀라게 해 줄 거라고요. 그렇다고 이 책이 '괜찮아, 다 잘될 거야'라며 무책임하게 위로하는 책은 아닙니다. '사는 게 원래 다 그런거지' 하고 냉소하지도 않고요. 팍팍한 현실에서도 스스로를 포기하지 않고 자신이 바라는 목적지를 향해 묵묵히 나아가는 시다의 하루하루를 보여 줄 뿐이지요. 그것만으로도 충분한 위로가 되는 책입니다.

● 『GV 빌런 고태경』, 정대건, 은행나무, 2020

GV 빌런으로 소문난 태경은 택시 기사로 생계를 유지하면서 20년째 입봉을 준비하고 있습니다. 빠짐없이 GV를 다니며 작품을 공부하고, 영화관의 마스킹 상태를 꼼꼼히 살피고, 노인 영화학교에서 영화를 가르치는 태경은, 아무리 시간이 오래 걸려도 결국엔 자신이 영화를 찍게 되리라는 것을 확신하고 있지요. 그의 단단한 자기 믿음은 어디서 오는 것일까요? 모든 준비생과 지망생은 기회만 주어진다면 잘 해낼 사람들이지만 기회는 좀처럼 주어지지 않습니다. 정대건 작가는 그런 상황에 놓인 누군가가 자신이 사랑하는 것들을 미워하지 않았으면, 자신을 미워하지 않았으면 하는 마음에서 이 소설을 썼다고 해요. 꾸준히 계속하는 의지야말로 진짜 재능이라는 것. 저는 요즘 이 말을 붙잡고 살아요.

지난한 시간을 통과 중인 당신에게

● 『3그램』, 수신지, 미메시스, 2012

책의 제목 『3그램』은 난소 한 개의 평균 무게를 뜻합니다. 스물일곱의 나이에 난소암에 걸려, 보통 사람들은 의식하지도 못하는 3그램을 엄청난 삶의 무게로 감당해야 했던 수신지 작가의 치료 과정이 진솔하게 담긴 책이지요. 그는 병원을 작은 섬이라 표현합니다. 환자들이 어둠이 내린 외딴섬에서 끝이 보이지 않는 바다 위를 나홀로 둥둥 떠다니는 것처럼 느껴졌거든요. 각자의 고민을 끌어안고 섬이 된 사람들은 비단 환자만이 아닐 테지요. 지난한 시간을 통과 중인 모든 이에게 짙은 위로를 건네는 책입니다.

꼭 맞는 책
: 한 사람을 위한 책을 고르는 책처방사의 독서법

2025년 2월 14일   초판 1쇄 발행

지은이
정지혜

펴낸이	**펴낸곳**	**등록**	
조성웅	도서출판 유유	제406-2010-000032호(2010년 4월 2일)	

주소
경기도 파주시 돌곶이길 180-38, 2층 (우편번호 10881)

전화	**팩스**	**홈페이지**	**전자우편**
031-946-6869	0303-3444-4645	uupress.co.kr	uupress@gmail.com
	페이스북	**트위터**	**인스타그램**
	facebook.com /uupress	twitter.com /uu_press	instagram.com /uupress
편집	**디자인**	**조판**	**마케팅**
인수, 김은우	이기준	정은정	전민영
제작	**인쇄**	**제책**	**물류**
제이오	(주)민언프린텍	라정문화사	책과일터

ISBN 979-11-6770-115-2 03810